必读经典
导读与考点

孤独是人生的礼物

周作人经典散文集

周作人 著

延边教育出版社

责任编辑：刘芳芳

图书在版编目（CIP）数据

孤独是人生的礼物：周作人经典散文集／周作人著
. -- 延吉：延边教育出版社，2019.6
（必读经典导读与考点）
ISBN 978-7-5524-8458-8

Ⅰ. ①孤… Ⅱ. ①周… Ⅲ. ①散文集-中国-现代
Ⅳ. ①I266

中国版本图书馆 CIP 数据核字（2019）第 088892 号

必读经典导读与考点

孤独是人生的礼物：周作人经典散文集

出版发行：	延边教育出版社		
地　　址：	吉林省延吉市长白山东路 98 号（133000）		
电　　话：	0433-2913940　010-82608550	**网　　址：**	http://www.ybep.com.cn
传　　真：	0433-2913971　010-82608856	**客　　服：**	QQ1697636346
印　　刷：	保定市西城胶印有限公司	**开　　本：**	880 毫米×1280 毫米　1/32
印　　张：	9.5	**字　　数：**	220 千字
版　　次：	2019 年 6 月第 1 版	**印　　次：**	2019 年 6 月第 1 次印刷
书　　号：	ISBN 978-7-5524-8458-8	**定　　价：**	39.80 元

目　录
contents

辑一　半日之闲，可抵十年尘梦

辑二　孤独是内心最丰盈的时刻

辑三　北平的春天

辑四　生活不易，人间值得

辑一

半日之闲，可抵十年尘梦

上海的戏剧

偶然拿起一张三月四日的上海的旧报，看见第五版戏目上，用大字表出下列各种好戏：

二本狸猫换太子
三本包公出世狸猫换太子
六本狸猫换太子
吕纯阳法度七真
全本张欣生
宣统皇帝招亲

我看了这篇戏目，不禁微笑，觉得他真刻毒地把中国民众的心理内容都排列出来了，这便是包龙图、吕纯阳、张欣生、宣统皇帝。戏园老板的揣摩工夫可以不必多说，那编戏的伙计的本领却也值得佩服。张欣生的戏还不算希罕，因为以前曾经有过那风行一时的被人谋害的妓女的戏剧的前例了，但是“宣统皇帝招亲”却不知怎的被他想到，又亏他排成戏剧，便是我们不曾看过这戏的人也不能不发一声赞叹。北京商民平常被称为多含王党性质的，在那“招亲”的一日也并不热狂地去瞻仰，岂知上海却如此关切，使张少轩君听了必要欣然笑曰：“吾道南矣！”（倘若这戏是嘲弄的滑稽的，那也只足以表明国民性的卑劣，别无意思。我想如作戏剧，那种身居宫中，神往域外的心情，尽有描写的价值，可惜没有人能做罢了。）

现在中国正正经经讲戏剧的人逐渐多起来了，但是对于这样的观众，他们怎样办呢？不去理他罢，那么任凭你怎样地出力，总不会有人来看，他还是去看他的《狸猫换太子》。要理他呢，他就来要求你做《宣统皇帝招亲》了。这真是所谓“进退维谷”。

现在很流行所谓为民众的文学，迎合社会心理几乎是文学的必要条件。然则我所列举的几种戏目，颇足为大家的参考，未始无用。在书本上，《礼拜六》与《小说世界》之流当然也是《狸猫换太子》的正宗，是大多数人所需要的，先前京沪各报上攻击他们，正不免是“贵族”气，至少也总是“拂人之性”罢？

（一九二三年三月）

娱　园

有三处地方，在我都是可以怀念的，——因为恋爱的缘故。第一是《初恋》里说过了的杭州，其二是故乡城外的娱园。

娱园是皋社诗人秦秋渔的别业，但是连在住宅的后面，所以平常只称作花园。这个园据王眉叔的《娱园记》说，是“在水石庄，枕碧湖，带平林，广约顷许。曲构云缭，疏筑花幕。竹高出墙，树古当户。离离蔚蔚，号为胜区”。园筑于咸丰丁巳（一八五七年），我初到那里是在光绪甲午，已在四十年后，遍地都长了荒草，不能想见当时“秋夜联吟”的风趣了。园的左偏有一处名叫潭水山房，记中称它“方池湛然，帘户静镜，花水孕縠，笋石饾蓝”的便是。《娱园诗存》卷三中有诸人题词，樊樊山的《望江南》云：

冰縠净，山里钓人居。花覆书床偎瘦鹤，

波摇琴幌散文鱼：水竹夜窗虚。

陶子缜的一首云：

澄潭莹，明瑟敞幽房。茶火瓶笙山蛎洞，

柳丝泉筑水凫床：古帧写秋光。

这些文字的费解虽然不亚于公府所常发表的骈体电文，但因此总可约略想见它的幽雅了。我们所见只是废墟，但也觉得非常有趣，儿童的感觉原自要比大人新鲜，而且在故乡少有这样游乐之地，也是一个原因。

娱园主人是我的舅父的丈人，舅父晚年寓居秦氏的西厢，所以我们常有游娱园的机会。秦氏的西邻是沈姓，大约因为风水的关系，大门是偏向的，近地都称作“歪摆台门”。据说是明人沈青霞的嫡裔，但是也已很是衰颓，我们曾经去拜访他的主人，乃是一个二十岁左右的青年，跛着一足，在厅房里聚集了七八个学童，教他们读《千家诗》。娱园主人的儿子那时是秦氏的家主，却因吸烟终日高卧，我们到傍晚去找他，请他画家传的梅花，可惜他现在早已死去了。

忘记了是哪一年，不过总是庚子以前的事罢。那时舅父的独子娶亲，（神安他们的魂魄，因为夫妇不久都去世了，）中表都聚在一处，凡男的十四人，女的七人。其中有一个人和我是同年同月生的，我称她为姊，她也称我为兄：我本是一只“丑小鸭”，没有一个人注意的，所以我隐密地怀抱着对于她的情意，当然只是单面的，而且我知道她自小许给人家了，不容再有非分之想，但总感着固执的牵引，此刻想起来，倒似乎颇有中古诗人（Troubadour）的余风了。当时我们住在留鹤庵里，她们住在楼上。白天里她们不在房里的时候，我们几个较为年少的人便“乘虚内犯”，走上楼去掠夺东西吃。有一次大家在楼上跳闹，我仿佛无意似的拿起她的一件雪青纺绸衫穿了跳舞起来，她的一个兄弟也一同闹着，不曾看出什么破绽来，是我很得意的一件事。后来读木下杢①太郎的《食后之歌》，看到一首《绛绢里》，不禁又引起我的感触。

到龛上去取笔去，
钻过晾着的冬衣底下，
触着了女衫的袖子。
说不出的心里的扰乱，
“呀”的缩头下来：
南无，神佛也未必见罪罢，
因为这已是故人的遗物了。

---

①“杢”原作“木”。

在南京的时代，虽然在日记上写了许多感伤的话，（随后又都剪去，所以现在记不起它的内容了，）但是始终没有想及婚嫁的关系。在外边漂流了十二年之后，回到故乡，我们有了儿女，她也早已出嫁，而且抱着痼疾，已经与死当面立着了。以后相见了几回，我又复出门，她不久就平安过去。至今她只有一张早年的照相在母亲那里，因她后来自己说是母亲的义女，虽然没有正式的仪节。

自从舅父全家亡故之后，二十年没有再到娱园的机会，相比以前必更荒废了。但是它的影像总是隐约地留在我脑底，为我心中的火焰（Fiammetta）的余光所映照着。

（一九二三年三月）

星里来的人

他是个疯子。

他原来是不疯的。他跟着他的父亲在海甸做泥水匠，直至二十岁为止。二十岁的那一年，——据一个星士说正是交着什么华盖运，他同了村里的人进京城来，有一天去游天坛，走到皇穹宇的上面，忽然觉得非常地想做皇帝，这一件事似乎略略有点疯意；但是他终于没有做，而且在中国，想做皇帝本来不算什么奇怪的事，大抵只如想每清早坐在床上吃一碗白木耳之类，不能说是发疯，所以他的变成疯子，决不是从那时起的。以后不久他从京城跑到塘沽，混了几年，听说上了一只轮船，当水手去了。

如是者许多年，杳无信息，大约有二十年罢？

有一天，他忽然地跑回故乡去，却是完全一个疯子了。他自称是从星里来的人。他本名叫什么贵，但现在他坚不承认，自称是阿勃图耳，（还是阿布耳呢?）也不明白是名是姓。他的父母早已死去，他独自住在破屋里；他怎样地度日，讲这故事的人不曾说及，所以我也不曾知道。

每天早晨他起来后，必定站在门外怪声怪气地吆喝一回。村里的人虽然听惯了，但是因为听他吆喝得很好玩，而且他们自己本来闲着无聊，所以总有十个八个跑去围着他看。他独自指手画脚，唠唠叨叨地说过一阵，再对他们发问道：

“喂喂，这是哪里，老板?”

这老板的称呼，是他从不知哪里学来的；据海甸的人说，这也是他发疯的一个证据，因为海甸人决不这样称呼的。大家听他这样地问，照例答他一句：

“这是海甸。”

“这不是星里么！唉唉！……”他这样叹息着，两条眼泪直挤出来，从颊上滚过流落地下。大家看到这里，都知道把戏已了，各自散去，他也就坐在地上，两手抱头，支在膝盖上，不再作声，只是默默地在那里思索回到星里去的方法。

中午一过，他的默想也已完结，不知道他想出了回到星里去的方法，还是已经断念了呢，但他总是元气旺盛似的踱到邻近茶社里喝茶，同人家谈星里的事情。他有一种特别的癖气，便是说星里的好处多用反面的说法，譬如看见桌上的一把茶壶，他便咕噜说：

“吓，这样的茶壶，星里没有这样的茶壶！”对于房屋衣服等东西，他也是这种说法。倘若有人反抗他，说我们只要这样的生活就够了，他便一定提起那贤人的故事来。有些人因为要他讲贤人的故事，有时特地地去激动他。于是他突然地开讲道：

“有一个贤人，住在猪圈里……”众人不等他说了，都笑着鼓噪道：

“后来他终于被猪拱出猪圈外去了，是不是?”他听了毫不在意，仍旧从从容容地讲下去，直到拱出猪圈外为止。他说：

“老拱说，去你的罢！——一拱……”说到这里，他举起右手向外一挥，就不则声了。但是过了几时，他的讲法也略有变更，不知是因为大家在鼓噪呢，还是为别的缘故。他把故事的后半改过，不说拱出猪圈外了，据他所说，那个贤人临了也变成一只猪完结。

我这所记的还是去年的话，据新得的消息说他现今虽然还自称是从星里来的人，但是早晨的吆喝与默想已经废止，似乎他已断念，不想再回到星里去了。至于贤人变猪的故事，却没有提及，想来他还是在那里讲着罢。

（一九二三年四月）

寻路的人——赠徐玉诺君

我是寻路的人。我日日走着路寻路，终于还未知道这路的方向。

现在才知道了：在悲哀中挣扎着正是自然之路，这是与一切生物共同的路，不过我们单独意识着罢了。

路的终点是死，我们便挣扎着往那里去，也便是到那里以前不得不挣扎着。

我曾在西四牌楼看见一辆汽车载了一个强盗往天桥去处决，我心里想，这太残酷了，为什么不照例用敞车送的呢？为什么不使他缓缓地看沿路的景色，听人家的谈论，走过应走的路程，再到应到的地点，却一阵风地把他送走了呢？这真是太残酷了。

我们谁不是坐在敞车上走着呢？有的以为是往天国去，正在歌笑；有的以为是下地狱去，正在悲哭；有的醉了，睡了。我却只想缓缓地走着，看沿路的景色，听人家的谈论，尽量地享受这些应得的苦和乐。至于路线如何，或是由西四牌楼往南，或是由东单牌楼往北，那有什么关系？

玉诺是于悲哀深有阅历的，这一回他的村寨被土匪攻破，只有他的父亲在外边，此外的人都还没有消息。他说，他现在没有泪了。——你也已经寻到了你的路了罢。

他的似乎微笑的脸，最令我记忆，这真是永远的旅人的颜色。我们应当是最大的乐天家，因为再没有什么悲观和失望了。

（一九二三年七月）

浪漫的生活

我从前总以为中国人所过的生活是干燥无味的单调的生活，现在才觉得自己是错了。中国人的生活决不单调，实在是异常浪漫的；这回见了铜元票的风潮才忽然想到，虽然我见过不少这样的风潮，但在今天方才豁然贯通，如有神助。

历史学者房龙说，迦勒底人兼用十进和十二进计算法，可惜我们现在除计算时刻外都只用十进法了。中国人大家和他很表同情，似乎极不愿意用十进法，因为十进正是非常单调的算法，但是没有从迦勒底（虽然有西洋学者说中国人是从迦勒底迁来的）学来十二进法，所以他们独自发明一至九进法，自由应用。譬如日常收付，一元值十角，一角值十分，一分值一枚，日日如此，有什么趣味？现在改为一元值十一角一分，一角值九分，一分值一枚七八九……而票面十枚又值八七六以至廿枚，于是算起账来十角等于九角，五十枚等于二十枚，把世界上最单调的数字都变成奇幻的东西，真是非有极度强大的浪漫性不能有这样的成绩，而且因了这些单调的数字之浪漫化，大家奔走呼号挨挤争闹，生活上又增加许多变化与趣味，这是何等繁复的生活！对于这样生活还要称之曰单调，那么世上哪里还有不单调的生活呢？

其次，我要顺便说及，见了这回铜元票的风潮以及中南等票的挤兑，我又得到一个极大的安心，这便是觉得八月十五以后的大劫是不会来的了，倘若真是要来，那么大家只要混过这三四天便了，还要铜元和现洋何用；现在那样的挤兑，可知是兑了来预备节前节后慢慢地享用的。或者他们兑了出来去买纸锭焚化存库，那也是可忧的现象，目下却不听说纸货涨价，可见大家都没有过了节长辞之意，我们也就可以暂且安心。宗教大同会里餐矢的先生们的预言或者也有什么价值吧，只是“天听是我民听”，所以我就推想八月十五以后未必会有什么空前的大什么，要有也总不过是承前的铜元票风潮罢了。

（一九二三年九月）

济南道中

伏园兄，你应该还记得“夜航船”的趣味罢？这个趣味里的确包含有些不很优雅的非趣味，但如一切过去的记忆一样，我们所记住的大抵只是一些经过时间熔化变了形的东西，所以想起来还是很好的趣味。我平素由绍兴往杭州总从城里动身（这是二十年前的话了），有一回同几个朋友从乡间趁船，这九十里的一站路足足走了半天一夜；下午开船，傍晚才到西郭门外，于是停泊，大家上岸吃酒饭。这很有牧歌的趣味，值得田园画家的描写。第二天早晨到了西兴，埠头的饭店主人很殷勤地留客，点头说“吃了饭去”，进去坐在里面（斯文人当然不在柜台边和“短衣帮”并排着坐）破板桌边，便端出烤虾小炒腌鸭蛋等“家常便饭”来，也有一种特别的风味。可惜我好久好久不曾吃了。

今天我坐在特别快车内从北京往济南去，不禁忽然地想起旧事来。火车里吃的是大菜，车站上的小贩又都关出在木栅栏外，不容易买到土俗品来吃。先前却不是如此，一九〇六年我们乘京汉车往北京应练兵处（那时的大臣是水竹村人）的考试的时候，还在车窗口买到许多东西乱吃，如一个铜子一只的大雅梨，十五个铜子一只的烧鸡之类；后来在什么站买到兔肉，同学有人说这实在是猫，大家便觉得恶心不能再吃，都摔到窗外去了。在日本旅行，于新式的整齐清洁之中，（现在对于日本的事只好“轻描淡写”地说一句半句，不然恐要蹈邓先生的覆辙，）却仍保存着旧日的长闲的风趣。我在东海道中买过一箱“日本第一的吉备团子”，虽然不能证明是桃太郎的遗制，口味却真不坏，可惜都被小孩们分吃，我只尝到一两颗，而且又小得可恨。还有平常的“便当”，在形式内容上也总是美术的，味道也好，虽在吃惯肥鱼大肉的大人先生们自然有点不配胃口。“文明”一点的有“冰激凌”，装在一只麦粉做的杯子里，末了也一同咽下去。——我坐在这铁甲快车内，肚子有点饿了，颇想吃一点小食，如孟代故事中王子所吃的，然而现在实属没有法子，只好往餐堂车中去吃洋饭。

我并不是不要吃大菜的。但虽然要吃，若在强迫的非吃不可的时候，也会令人不高兴起来。还有一层，在中国旅行的洋人的确太无礼仪，即使并无什么暴行，也总是放肆讨厌的。即如在我这一间房里的一个怡和洋行的老板，带了一只小狗，说是在天津花了四十块钱买来的；他一上车就高卧不起，让小狗在房内撒尿，忙得车侍三次拿布来擦地板，又不喂饱，任它东张西望，呜呜地哭叫。我不是虐待动物者，但见人家昵爱动物，搂抱猫狗坐车坐船，妨害别人，也是很嫌恶的；我觉得那样的昵爱，正与虐待同样的是有点兽性的。洋人中当然也有真文明人，不过商人大抵不行，如中国的商人一样。中国近来新起一种“打鬼”——便是打“玄学鬼”与“直脚鬼”——的倾向，我大体上也觉得赞成，只是对于他们的态度有点不能附和。我们要把一切的鬼或神全数打出去，这是不可能的事，更无论他们只是拍令牌，念退鬼咒，当然毫无功效，只足以表明中国人术士气之十足，或者更留下一点恶因。我们所能做，所要做的，是如何使玄学鬼或直脚鬼不能为害。我相信，一切的鬼都是为害的，倘若被放纵着，便是我们自己“曲脚鬼”也何尝不如此。……人家说，谈天谈到末了，一定要讲到下作的话去，现在我却反对地谈起这样正经大道理来，也似乎不大合式，可以不再写下去了罢。

（一九二四年五月）

破脚骨

“破脚骨”——读若Phacahkueh，是我们乡间的方言，就是说“无赖子”，照王桐龄教授《东游杂感》的笔法，可以这样说——破脚骨官话曰无赖曰光棍，古语曰泼皮曰破落户，上海曰流氓，南京曰流户曰青皮，日本曰歌罗支其，英国曰罗格……这个名词的本意不甚明了，望文生义地看去大约因为时常要被打破脚骨，所以这样称的罢。他们的职业是讹诈，俗称敲竹杠。小破脚骨沿路寻事，看见可欺的人便撞过去，被撞的如说一句话，他即吆喝说，Taowan bargwaantatze？意思是说撞了倒反不行吗，于是扭结不放，同党的人出来邀入茶馆评理，结果是被撞的人算错，替大家会钞了事。这是最普通的一种方法，此外还有许多，我也不很明白了。至于大破脚骨专做大票生意，如包娼戳赌或捉奸勒索等，不再做这些小勾当，他们的行径有点与“破靴党”相近，所差者只在他们不是秀才罢了。

这些人当然不是好人，便有喜欢做翻案文章的人也不容易把他们说好，但是，他们也有可取的地方。他们也有自己的道德，尚义与勇，即使并非同帮，只要在酒楼茶馆会过一两面，他们便算有交情，不再来暗算，而且有时还肯保护。我在往江南当水兵以前，同兄弟在乡间游手好闲的时候，大有流为破脚骨之意，邻近的几个小破脚骨都有点认识，远房亲戚的破靴党不算在内。我们因此不曾被人撞过，有一两次还叨他们的光。有一回我已经不在家，我的兄弟（其时他只十四五岁）同母亲往南街看戏；那时还没有什么戏馆，只在庙台上演戏敬神，近地的人在两旁搭盖看台，租给人家使用，我们也便租了两个坐位，后来台主不知为何忽下逐客令，大约要租给阔人了，坐客一时大窘，恰巧我们所认识的一个小破脚骨正在那里看戏，于是便去把他找来，他对台主说道：“你这台不租了吗？那么由我出租了。”台主除收回成命之外，还对他赔了许多小心，这才完事。在他这强横的诡辩里边，实在很含有不少的诙谐与爱娇。二十世纪以来不曾再见到他，听说他后来眼瞎了，过了几年随即去世，——请你永远平安地休息罢！

一个人要变成破脚骨，须有相当的训练，与古代的武士修行一样，不是很容易的事。破脚骨的生活里最重要的事件是挨打，所以非有十足的忍苦忍辱的勇气，不能成为一个像样的破脚骨。小破脚骨与人家相打，且骂且脱衣，随将右手各拔敌人的辫发而以左手各自握其发根，于是互相推拥，以被挤至路边将背贴墙者为负。大破脚骨则不然，他拔出尖刀，但并不刺人，只拿在手中，自指其股曰“戳！”敌人或如命而戳一下，则再命令曰“再戳！”如戳至再三而毫不呼痛，刺者却不敢照样奉陪，那便算大败，不复见齿于同类。能禁得殴打，术语曰“受路足”，是破脚骨修养的最要之一。此外官司的经验也很重要，他们往往大言于茶馆中云，“屁股也打过，大枷也戴过”，亦属破脚骨履历中很出色的项目。有些大家子弟流为破脚骨者，因门第的影响，无被官刑之虑，这两项的修炼或可无须，唯挨打仍属必要。我有一个同族的长辈，通文，能写二尺方的大字，做了破脚骨，一年的春分日在宗祠中听见他自伐其战功，说Targfan yir banchir, banchir yir tarngfan，意云打倒又爬起，爬起又打倒，这两句话实在足以代表“破脚骨道”之精义了。在现时人心不古的时代，破脚骨也堕落了，变成商埠码头的那些拆梢的流氓，回想昔日乡间的破脚骨，已经如书中的列仙高士，流风断绝，邈乎其不可复追矣。

我在默想堂伯父的战功，不禁想起《吉诃德先生》(Don Quixote——林琴南先生译作当块克苏替，陆祖鼎先生译作唐克孝，丁初我先生在二十年前译作唐夸特），以及西班牙的“流氓小说”（Novelas de Picaros）来。中国也有这班人物，为什么除了《水浒传》的泼皮牛二以外，没有人把他们细细地写下来，不然倒真可以造成一类“流氓生活的文学”（“Picaresque Literature”）哩。——这两个英文，陆先生在《学灯》上却把它译作“盗贼文学”，啊啊，轻松的枷杖的罪名竟这样地被改定了一个大辟，（在现行治盗条例的时期，）却是冤哉枉也。然而这也怪不得陆先生，因为《英汉字典》中确将“流氓”（Picaroon）这字释作劫掠者，盗贼等等也。

（一九二四年六月）

苍蝇

苍蝇不是一件很可爱的东西，但我们在做小孩子的时候都有点喜欢他。我同兄弟常在夏天乘大人们午睡，在院子里弃着香瓜皮瓤的地方捉苍蝇，——苍蝇共有三种，饭苍蝇太小，麻苍蝇有蛆太脏，只有金苍蝇可用。金苍蝇即青蝇，小儿谜中所谓“头戴红缨帽身穿紫罗袍”者是也。我们把他捉来，摘一片月季花的叶，用月季的刺钉在背上，便见绿叶在桌上蠕蠕而动，东安市场有卖纸制各色小虫者，标题云“苍蝇玩物”，即是同一的用意。我们又把他的背竖穿在细竹丝上，取灯心草一小段放在脚的中间，他便上下颠倒地舞弄，名曰“嬉棍”；又或用白纸条缠在肠上纵使飞去，但见空中一片片的白纸乱飞，很是好看。倘若捉到一个年富力强的苍蝇，用快剪将头切下，他的身子便仍旧飞去。希腊路吉亚诺思（Lukianos）的《苍蝇颂》中说，“苍蝇在被切去了头之后，也能生活好些时光”，大约二千年前的小孩已经是这样的玩耍的了。

我们现在受了科学的洗礼，知道苍蝇能够传染病菌，因此对于他们很有一种恶感。三年前卧病在医院时曾作有一首诗，后半云：

大小一切的苍蝇们，
美和生命的破坏者，
中国人的好朋友的苍蝇们呵，
我诅咒你的全灭，
用了人力以外的，
最黑最黑的魔术的力。

但是实际上最可恶的还是他的别一种坏癖气，便是喜欢在人家的颜面手脚上乱爬乱舔，古人虽美其名曰“吸美”，在被吸者却是极不愉快的事。希腊有一篇传说说明这个缘起，颇有趣味。据说苍蝇本来是一个处女，名叫默亚（Muia），很是美丽，不过太喜欢说话。她也爱那月神的情人恩迭米盎（Endymion），当他睡着的时候，她总还是和他讲话或唱歌，弄得他不能安息，因此月神发怒，使她变成苍蝇。以后她还是记念着恩迭米盎，不肯叫人家安睡，尤其是喜欢搅扰年青的人。

苍蝇的固执与大胆，引起好些人的赞叹。诃美洛思

（Homeros）在史诗中常比勇士于苍蝇，他说，虽然你赶他去，他总不肯离开你，一定要叮你一口方才罢休。又有诗人云，那小苍蝇极勇敢地跳在人的肢体上，渴欲饮血，战士却躲避敌人的刀锋，真可羞了。我们侥幸不大遇见渴血的勇士，但勇敢地攻上来舐我们的头的却常常遇到。法勃耳（Fabre）的《昆虫记》里说有一种蝇，乘土蜂负虫入穴之时，下卵于虫内，后来蝇卵先出，把死虫和蜂卵一并吃下去。他说这种蝇的行为好像是一个红巾黑衣的暴客在林中袭击旅人，但是他的剽悍敏捷的确也可佩服，倘使希腊人知道，或者可以拿去形容阿迭修思（Odysseus）一流的狡狯英雄罢。

中国古来对于苍蝇似乎没有什么反感。《诗经》里说，“营营青蝇，止于樊。岂弟君子，无信谗言。”又云，“非鸡则鸣，苍蝇之声。”据陆农师说，青蝇善乱色，苍蝇善乱声，所以是这样说法。传说里的苍蝇，即使不是特殊良善，总之决不比别的昆虫更为卑恶。在日本的俳谐中则蝇成为普通的诗料，虽然略带湫秽的气色，但很能表出温暖热闹的境界。小林一茶更为奇特，他同圣芳济一样，以一切生物为弟兄朋友，苍蝇当然也是其一。检阅他的俳句选集，咏蝇的诗有二十首之多，今举两首以见一斑。一云：

笠上的苍蝇，比我更早地飞进去了。

这诗有题曰《归庵》。又一首云：

> 不要打哪，苍蝇搓他的手，搓他的脚呢。

我读这一句，常常想起自己的诗觉得惭愧，不过我的心情总不能达到那一步，所以也是无法。《埤雅》云，“蝇好交其前足，有绞绳之象，……亦好交其后足”，这个描写正可作前句的注解。又绍兴小儿谜语歌云：

> 像乌豇豆格乌，像乌豇豆格粗，堂前当中央，坐得拉胡须。

也是指这个现象。（格犹云“的”，坐得即“坐着”之意。）

据路吉亚诺思说，古代有一个女诗人，慧而美，名叫默亚，又有一个名妓也以此为名，所以滑稽诗人有句云，“默亚咬他直达他的心房。”中国人虽然永久与苍蝇同桌吃饭，却没有人拿苍蝇作为名字，以我所知只有一二人被用为诨名而已。

（一九二四年七月）

【附记】

偶读路吉亚诺思的《苍蝇颂》（Muias Enkomion），觉得颇有趣味，但要翻译它，又太懒惰了，提不起精神来在十目所视十手所指之下做烦难的工作。过了几天之后，拿起笔来写这一篇，并不是模拟古人，虽然受着他一点影响，所以在文章上是一个“四不像”，不能说是什么体，只好算它是“赋得苍蝇”罢了。

苍蝇是我们乡间叫蝇类的通称，并不限于麻蝇一种。我有一回在译诗里用了方言“青蛙”二字当蛙字用，承一位批评家根据动物学及文字学的学理加以纠正，说多了一个青字。恐怕有人说这回又多了一个苍字，所以预先说明一声。

（一九二四年七月十一日）

苦　雨

伏园兄：

北京近日多雨，你在长安道上不知也遇到否，想必能增你旅行的许多佳趣。雨中旅行不一定是很愉快的，我以前在杭沪车上时常遇雨，每感困难，所以我于火车的雨不能感到什么兴味，但卧在乌篷船里，静听打篷的雨声，加上欸乃的橹声，以及“靠塘来，靠下去”的呼声，却是一种梦似的诗境。倘若更大胆一点，仰卧在脚划小船内，冒雨夜行，更显出水乡住民的风趣，虽然较为危险，一不小心，拙劣地转一个身，便要使船底朝天。二十多年前往东浦吊先父的保姆之丧，归途遇暴风雨，一叶扁舟在白鹅似的波浪中间滚过大树港，危险极也愉快极了。我大约还有好些“为鱼”时候——至少也是断发文身时候的脾气，对于水颇感到亲近，不过北京的泥塘似的许多“海”实在不很满意，这样的水没有也并不怎么可惜。你往“陕半天”去似乎要走好几天的准沙漠路，在那时候倘若遇见风雨，大约是很舒服的，遥想你胡坐骡车中，在大漠之上，大雨之下，喝着四打之内的汽水，悠然进行，可以算是“不亦快哉”之一。但这只是我的空想，如诗人的理想一样地靠不住，或者你在骡车中遇雨，很感困难，正在叫苦连天也未可知，这须等你回京后问你再说了。

我住在北京，遇见这几天的雨，却叫我十分难过。北京向来少雨，所以不但雨具不很完全，便是家屋构造于防雨亦欠周密。除了真正富翁以外，很少用实垛砖墙，大抵只用泥墙抹灰敷衍了事。近来天气转变，南方酷寒而北方淫雨，因此两方面的建筑上都露出缺陷。一星期前的雨把后园的西墙淋坍，第二天就有“梁上君子”来摸索北房的铁丝窗，从次日起赶紧邀了七八位匠人，费两天工夫，从头改筑，已经成功十分八九，总算可以高枕而卧，前夜的雨却又将门口的南墙冲倒二三丈之谱。这回受惊的可不是我了，乃是川岛君“佢们”俩，因为“梁上君子”如再见光顾，一定是去躲在“佢们”的窗下窃听的了。为消除“佢们”的不安起见，一等天气晴正，急须大举地修筑，希望日子不至于很久，这几天只好暂时拜托川岛君的老弟费神代为警护罢了。

前天十足下了一夜的雨，使我夜里不知醒了几遍。北京除了偶然有人高兴放几个爆仗以外，夜里总还安静，那样哗喇哗喇的雨声在我的耳朵已经不很听惯，所以时常被它惊醒，就是睡着也仿佛觉得耳边粘着面条似的东西，睡得很不痛快。还有一层，前天晚间据小孩们报告，前面院子里的积水已经离台阶不及一寸，夜里听着雨声，心里胡里胡涂地总是想水已上了台阶，浸入西边的书房里了。好容易到了早上五点钟，赤脚撑伞，跑到西屋一看，果然不出所料，水浸满了全屋，约有一寸深浅，这才叹了一口气，觉得放心了；倘若这样兴高采烈地跑去，一看却没有水，恐怕那时反觉得失望，没有现在那样的满足也说不定。幸而书籍都没有湿，虽然是没有什么价值的东西，但是湿成一饼一饼的纸糕，也很是不愉快。现今水虽已退，还留下一种涨过大水后的普通的臭味，固然不能留客坐谈，就是自己也不能在那里写字，所以这封信是在里边炕桌上写的。

这回的大雨，只有两种人最是喜欢。第一是小孩们。他们喜欢水，却极不容易得到，现在看见院子里成了河，便成群结队地去“淌河”去。赤了足伸到水里去，实在很有点冷，但他们不怕，下到水里还不肯上来。大人见小孩们玩得很有趣，也一个两个地加入，但是成绩却不甚佳，那一天里滑倒了三个人，其中两个都是大人，——其一为我的兄弟，其一是川岛君。第二种喜欢下雨的则为虾蟆。从前同小孩们往高亮桥去钓鱼钓不着，只捉了好些虾蟆，有绿的，有花条的，拿回来都放在院子里，平常偶叫几声，在这几天里便整日叫唤，或者是荒年之兆罢，却极有田村的风味。有许多耳朵皮嫩的人，很恶喧嚣，如麻雀虾蟆或蝉的叫声，凡足以妨碍他们的甜睡者，无一不痛恶而深绝之，大有欲灭此而午睡之意。我觉得大可以不必如此，随便听听都是很有趣味的，不但是这些久成诗料的东西，一切鸣声其实都可以听。虾蟆在水田里群叫，深夜静听，往往变成一种金属音，很是特别，又有时仿佛是狗叫，古人常称蛙蛤为吠，大约也是从实验而来。我们院子里的虾蟆现在只见花条的一种，它的叫声更不漂亮，只是格格格这个叫法，可以说是革音，平常自一声至三声，不会更多，唯在下雨的早晨，听它一口气叫上十二三声，可见它是实在喜欢极了。

这一场大雨恐怕在乡下的穷朋友是很大的一个不幸，但是我不曾亲见，单靠想像是不中用的，所以我不去虚伪地代为悲叹了。倘若有人说这所记的只是个人的事情，于人生无益，我也承认，我本来只想说个人的私事，此外别无意思。今天太阳已经出来，傍晚可以出外去游嬉，这封信也就不再写下去了。

我本等着看你的秦游记，现在却由我先写给你看，这也可以算是“意表之外”的事罢。

（一九二四年七月）

沉　默

林玉堂先生说，法国一个演说家劝人缄默，成书三十卷，为世所笑，所以我现在做讲沉默的文章，想竭力节省，以原稿纸三张为度。

提倡沉默从宗教方面讲来，大约很有材料，神秘主义里很看重沉默，美忒林克便有一篇极妙的文章。但是我并不想这样做，不仅因为怕有拥护宗教的嫌疑，实在是没有这种知识与才力。现在只就人情世故上着眼说一说罢。

沉默的好处第一是省力。中国人说，多说话伤气，多写字伤神。不说话不写字大约是长生之基，不过平常人总不易做到。那么一时的沉默也就很好，于我们大有裨益。三十小时草成一篇宏文，连睡觉的时光都没有，第三天必要头痛；演说家在讲台上呼号两点钟，难免口干喉痛，不值得甚矣。若沉默，则可无此种劳苦，——虽然也得不到名声。

沉默的第二个好处是省事。古人说“口是祸门”，关上门，贴上封条，祸便无从发生，（“闭门家里坐，祸从天上来，”那只算是“空气传染”，又当别论，）此其利一。自己想说服别人，或是有所辩解，照例是没有什么影响，而且愈说愈是渺茫，不如及早沉默，虽然不能因此而说服或辩明，但至少是不会增添误会。又或别人有所陈说，在这面也照例不很能理解，极不容易答复，这时候沉默是适当的办法之一。古人说不言是最大的理解，这句话或者有深奥的道理，据我想则在我至少可以藏过不理解，而在他也就可以有猜想被理解了之自由。沉默之好处的好处，此其二。

善良的读者们，不要以我为太玩世（Cynical）了罢？老实说，我觉得人之互相理解是至难——即使不是不可能的事，而表现自己之真实的感情思想也是同样地难。我们说话作文，听别人的话，读别人的文，以为互相理解了，这是一个聊以自娱的如意的好梦，好到连自己觉到了的时候也还不肯立即承认，知道是梦了却还想在梦境中多流连一刻。其实我们这样说话作文无非只是想这样做，想这样聊以自娱，如其觉得没有什么可娱，那么尽可简单地停止。我们在门外草地上翻几个筋斗，想象那对面高楼上的美人看着，（明知她未必看见，）很是高兴，是一种办法；反正她不会看见，不翻筋斗了，且卧在草地上看云罢，这也是一种办法。两者都是对的，我这回是在做第二个题目罢了。

我是喜翻筋斗的人，虽然自己知道翻得不好。但这也只是不巧妙罢了，未必有什么害处，足为世道人心之忧。不过自己的评语总是不大靠得住的，所以在许多知识阶级的道学家看来，我的筋斗都翻得有点不道德，不是这种姿势足以坏乱风俗，便是这个主意近于妨害治安。这种情形在中国可以说是意表之内的事，我们也并不想因此而变更态度，但如民间这种倾向到了某一程度，翻筋斗的人至少也应有想到省力的时候了。

三张纸已将写满，这篇文应该结束了。我费了三张纸来提倡沉默，因为这是对于现在中国的适当办法。——然而这原来只是两种办法之一，有时也可以择取另一办法：高兴的时候弄点小把戏，“借资排遣”。将来别处看有什么机缘，再来噪聒，也未可知。

（一九二四年七月）

生活之艺术

契诃夫（Tshekhov）书简集中有一节道（那时他在爱珲附近旅行）：

> 我请一个中国人到酒店里喝烧酒，他在未饮之前举杯向着我和酒店主人及伙计们，说道："请。"这是中国的礼节。他并不像我们那样的一饮而尽，却是一口一口地啜，每啜一口，吃一点东西；随后给我几个中国铜钱，表示感谢之意。这是一种怪有礼的民族。……

一口一口地啜，这的确是中国仅存的饮酒的艺术：干杯者不能知酒味，泥醉者不能知微醺之味。中国人对于饮食还知道一点享用之术，但是一般的生活之艺术却早已失传了。中国生活的方式现在只是两个极端，非禁欲即是纵欲，非连酒字都不准说即是浸身在酒槽里，二者互相反动，各益增长，而其结果则是同样的污糟。动物的生活本有自然的调节，中国在千年以前文化发达，一时颇有臻于灵肉一致之象，后来为禁欲思想所战胜，变成现在这样的生活，无自由，无节制，一切在礼教的面具底下实行迫压与放恣，实在所谓礼者早已消灭无存了。

生活不是很容易的事。动物那样的，自然地简易地生活，是其一法；把生活当作一种艺术，微妙地美地生活，又是一法：二者之外别无道路，有之则是禽兽之下的乱调的生活了。生活之艺术只在禁欲与纵欲的调和。蔼理斯对于这个问题很有精到的意见，他排斥宗教的禁欲主义，但以为禁欲亦是人性的一面，欢乐与节制二者并存，且不相反而实相成。人有禁欲的倾向，即所以防欢乐的过量，并即以增欢乐的程度。他在《圣芳济与其他》一篇论文中曾说道：

> 有人以此二者（即禁欲与耽溺）之一为其生活之唯一目的者，其人将在尚未生活之前早已死了。有人先将其一（耽溺）推至极端，再转而之他，其人才真能了解人生是什么，日后将被记念为模范的高僧。但是始终尊重这二重理想者，那才是知生活法的明智的大师。……一切生活是一

个建设与破坏，一个取进与付出，一个永远的构成作用与分解作用的循环。要正当地生活，我们须得模仿大自然的豪华与严肃。

他又说过，“生活之艺术，其方法只在于微妙地混和取与舍二者而已。”更是简明地说出这个意思来了。

生活之艺术这个名词，用中国固有的字来说便是所谓礼。斯谛耳博士在《仪礼》序上说，“礼节并不单是一套仪式，空虚无用，如后世所沿袭者。这是用以养成自制与整饬的动作之习惯，唯有能领解万物感受一切之心的人才有这样安详的容止。”从前听说辜鸿铭先生批评英文《礼记》译名的不妥当，以为“礼”不是 Rite 而是 Art，当时觉得有点乖僻，其实却是对的，不过这是指本来的礼，后来的礼仪礼教都是堕落了的东西，不足当这个称呼了。中国的礼早已丧失，只有如上文所说，还略存于茶酒之间而已。去年有西人反对上海禁娼，以为妓院是中国文化所在的地方，这句话的确难免有点荒谬，但仔细想来也不无若干理由。我们不必拉扯唐代的官妓，希腊的“女友”（Heaira）的韵事来作辩护，只想起某外人的警句，“中国挟妓如西洋的求婚，中国娶妻如西洋的宿娼”，或者不能不感到“爱之术”（Art Amatoria）真是只存在草野之间了。我们并不同某西人那样要保存妓院，只觉得在有些怪论里边，也常有真实存在罢了。

中国现在所切要的是一种新的自由与新的节制，去建造中国的新文明，也就是复兴千年前的旧文明，也就是与西方文化的基础之希腊文明相合一了。这些话或者说得太大太高了，但据我想舍此中国别无得救之道，宋以来的道学家的禁欲主义总是无用的了，因为这只足以助成纵欲而不能收调节之功。其实这生活的艺术在有礼节重中庸的中国本来不是什么新奇的事物，如《中庸》的起头说，“天命之谓性，率性之谓道，修道之谓教”，照我的解说即是很明白的这种主张。不过后代的人都只拿去讲章旨节旨，没有人实行罢了。我不是说半部《中庸》可以济世，但以表示中国可以了解这个思想。日本虽然也很受到宋学的影响，生活上却可以说是承受平安朝的系统，还有许多唐代的流风余韵，因此了解生活之艺术也更是容易。在许多风俗上日本的确保存这艺术的色彩，为我们中国人所不及，但由道学家看来，或者这正是他们的缺点也未可知罢。

（一九二四年十一月）

致溥仪君书

溥仪先生：

听我的朋友胡适之君说，知道你是一位爱好文学的青年，并且在两年前“就说要取消帝号，不受优待费”，思想也是颇开通的。我有几句话早想奉告，但是其时你还是坐在宫城里下上谕，我又不知道写信给皇帝们是怎样写的，所以也就搁下；现在你已出宫了，我才能利用这半天的工夫写这一封信给你。

我先要跟着我的朋友钱玄同君给你道贺，贺你这回的出宫。这在你固然是偿了宿愿，很是愉快，在我们也一面满了革命的心愿，一面又消除了对于你个人的歉仄。你坐在宫城里，我们不但怕要留为复辟的种子，也觉得革命事业因此还未完成；就你个人而言，把一个青年老是监禁在城堡里，又觉得心里很是不安。张国焘君住在卫戍司令部的优待室里，陈独秀君住在警察厅的优待室里，章太炎先生被优待在钱粮胡同，每月有五百元的优待费，但是大家千辛万苦地营救，要放他们出来。为什么呢？因为人们所要者是身体与思想之自由，并非“优待”——被优待即是失了自由了。你被圈禁在宫城里，连在马路上骑自行车的自由都没有，我们虽然不是直接负责，听了总很抱歉，现在你能够脱离这种羁绊生活，回到自由的天地里去，我们实在替你喜欢，而且自己也觉得心安了。

我很赞成钱君的意见，希望你补习一点功课，考入高中，毕业大学后再往外国留学。但我还有特别的意见，想对你说的，便是关于学问的种类的问题。据我的愚见，你最好是往欧洲去研究希腊文学。替别人定研究的学科是很危险的事，因为与本人的性质与志趣未必一定相合，但是我也别有一种理由，说出来可以当作参考。中国人近来大讲东方文化和西方文化，然而专门研究某一种文化的人终于没有，所以都说的不得要领。所谓西方文化究竟以哪一国为标准，东方文化究竟是中国还是印度为主呢？现代的情状固然重要，但是重要的似乎在推究一点上去，找寻他的来源。我想中国的，印度的，以及欧洲之根源的希腊的文化，都应该有专人研究，综合他们的结果，再行比较，才有议论的可能，一切转手的引证全是不可凭信。研究东方文化者或者另有适当的人，至于希腊文化我想最好不如拜托足下了。文明本来是人生的必要的奢华，不是“自手至口”的人们所能造作的，我们必定要有碗够盛酒肉，才想到在碗上刻画几笔花，倘若终日在垃圾堆上拣煤粒，哪有工夫去做这些事。希腊的又似乎是最贵族的文明，在现在的中国更不容易理解。中国穷人只顾拣煤核，阔人只顾搬钞票往外国银行里存放，知识阶级（当然不是全体）则奉了群众的牌位，预备作“应制”的诗文；实质上是可吃的便是宝物，名目上是平民的便是圣旨，此外都不值一看。这也正是难怪的，大家还饿鬼似的在吞咽糟糠，哪里有工夫想到制造“嘉湖细点”，更不必说吃了不饱的茶食了。设法叫大家有饭吃诚然是亟应进行的事，一面关于茶食的研究也很要紧，因为我们的希望是大家不但有饭而且还有能赏鉴茶食的一日。想到这里，我便记起你来了，我想你至少该有了解那些精美的文明的可能，——因为曾做过皇帝。我决不是在说笑话。俗语云，“做了皇帝想成仙”，制造文明实在就是求仙的气分，不过所成者是地仙，所享者是尘世清福而已，这即是希腊的“神的人”的理想了。你正式地做了三年皇帝，又非正式地做了十三年，到现在又愿意取消帝号，足见已饱厌南面的生活，尽有想成仙的资格，我劝告你去探检那地中海的仙岛，一定能够有很好的结果。我想你最好在英国或德国去留学，随后当然须往雅典一走，到了学成回国的时候，我们希望能够介绍你到北京大学来担任（或者还是创设）希腊文学的讲座。

末了我想申明一声，我当初是相信民族革命的人，换一句话即是主张排满的，但辛亥革命——尤其是今年取消帝号以后，对于满族的感情就很好了，而且有时还觉得满人比汉人更有好处，因为他较有大国民的态度，没有汉人中北方的家奴气与南方的西崽气。这是我个人的主观的话，我希望你不会打破我这个幻想罢。

（一九二四年十一月）

这封信才写好，阅报知溥仪君已出奔日本使馆了。我不知道他出奔的理由，但总觉得十分残念。他跟着英国人日本人这样的跑，结果于他没有什么好处，——只有明白的汉人（有辫子的不算）是满人和他的友人，可惜他不知道。希望他还有从那些人的手里得到自由的日子，这封信仍旧发表。在别一方面，他们是外国人，他们对于中国的幸灾乐祸是无怪的，我们何必空口同他们讲理呢？我们已经打破了大同的迷信，应该觉悟只有自己可靠，……所可惜者中国国民内太多外国人耳。

（一九二四年十二月一日添书）

辑二

孤独是内心最丰盈的时刻

十字街头的塔

厨川白村著有两本论文集，一本名《出了象牙之塔》，又有一本名为《往十字街头》，表示他要离了纯粹的艺术而去管社会事情的态度。我现在模仿他说，我是在十字街头的塔里。

我从小就是十字街头的人。我的故里是华东的西朋坊口，十字街的拐角有四家店铺，一个麻花摊，一爿矮癞翳所开的泰山堂药店，一家德兴酒店，一间水果店，我们都称这店主人为华陀，因为他的水果奇贵有如仙丹。以后我从这条街搬到那条街，吸尽了街头的空气，所差者只没有在相公殿里宿过夜，因此我虽不能称为道地的“街之子”，但总是与街有缘，并不是非戴上耳朵套不能出门的人物。我之所以喜欢多事，缺少绅士态度，大抵即由于此，从前祖父也骂我这是下贱之相。话虽如此，我自认是引车卖浆之徒，却是要乱想的一种，有时想掇个凳子坐了默想一会，不能像那些“看看灯的”人们长站在路旁，所以我的卜居不得不在十字街头的塔里了。

说起塔来，我第一想到的是故乡的怪山上的应天塔。据说琅琊郡的东武山，一夕飞来，百姓怪之，故曰怪山，后来怕它又要飞去，便在上边造了一座塔。开了前楼窗一望，东南角的一幢塔影最先映到眼里来，中元前后塔上满点着老太婆们好意捐助去照地狱的灯笼，夜里望去更是好看。可惜在宣统年间塔竟因此失了火，烧得只剩了一个空壳，不能再容老太婆上去点灯笼了。十年前我曾同一个朋友去到塔下徘徊过一番，拾了一块断砖，砖端有阳文楷书六字，曰“护国禅师月江”，——终于也没有查出这位和尚是什么人。

但是我所说的塔，并不是那“窣堵波”，或是“救人一命胜造七级浮图”的那件东西，实在是像望台角楼之类，在西国称作——用了大众欢迎的习见的音义译写出来——“塔围”的便是；非是异端的，乃是帝国主义的塔。浮图里静坐默想本颇适宜，现在又什么都正在佛化，住在塔里也很时髦，不过我的默想一半却是口实，我实在是想在喧闹中得安全地，有如前门的珠宝店之预备着铁门，虽然廊房头条的大楼别有禳灾的象征物。我在十字街头久混，到底还没有入他们的帮，挤在市民中间，有点不舒服，也有点危险，（怕被他们挤坏我的眼镜，）所以最好还是坐在角楼上，喝过两斤黄酒，望着马路吆喝几声，以出心中闷声，不高兴时便关上楼窗，临写自己的《九成宫》，多么自由而且写意。写到这里忽然想起欧洲中古的民间传说，木板画上表出哈多主教逃避怨鬼所化的鼠妖，躲在荒岛上好像大烟通似的砖塔内，露出头戴僧冠的上半身在那里着急，一大队老鼠都渡水过来，有几只大老鼠已经爬上塔顶去了，——后来这位主教据说终于被老鼠们吃下肚去。你看，可怕不可怕？这样说来，似乎那种角楼又不很可靠了。但老鼠可进，人则不可进，反正我不去结怨于老鼠，也就没有什么要紧。我再想到前门外铁栅门之安全，觉得我这塔也可以对付，倘若照雍涛先生的格言亭那样建造，自然更是牢固了。

别人离了象牙的塔走往十字街头，我却在十字街头造起塔来住，未免似乎取巧罢？我本不是任何艺术家，没有象牙或牛角的塔，自然是站在街头的了，然而又有点怕累，怕挤，于是只好住在临街的塔里，这是自然不过的事。只是在现今中国这种态度最不上算，大众看见塔，便说这是智识阶级，（就有罪，）绅士商贾见塔在路边，便说这是党人，（应取缔，）不过这也没有什么妨害，还是如水竹村人所说“听其自然”，不去管它好罢，反正这些闲话都靠不住也不会久的。老实说，这塔与街本来并非不相干的东西，不问世事而缩入塔里，原即是对于街头的反动，出在街头说道工作的人也仍有他们的塔，因为他们自有其与大众乖戾的理想。总之只有预备跟着街头的群众去瞎撞胡混，不想依着自己的意见说一两句话的人，才真是没有他的塔。所以我这塔也不只是我一个人有，不过这个名称是由我替他所取的罢了。

（一九二五年二月）

日记与尺牍

日记与尺牍是文学中特别有趣味的东西，因为比别的文章更鲜明地表出作者的个性。诗文小说戏曲都是做给第三者看的，所以艺术虽然更加精炼，也就多有一点做作的痕迹。信札只是写给第二个人，日记则给自己看的（写了日记预备将来石印出书的算作例外），自然是更真实更天然的了。我自己作文觉得都有点做作，因此反动地喜看别人的日记尺牍，感到许多愉快。我不能写日记，更不善写信，自己的真相仿佛在心中隐约觉到，但要写他下来，即使想定是私密的文字，总不免还有做作，——这并非故意如此，实在是修养不足的缘故，然而因此也愈觉得别人的日记尺牍之佳妙，可喜亦可贵了。

中国尺牍向来好的很多，文章与风趣多能兼具，但最佳者还应能显出主人的性格。《全晋文》中录王羲之杂帖，有这两章：

吾顷无一日佳，衰老之弊日至，夏不得有所啖，而犹有劳务，甚劣劣。

不审复何似？永日多少看未？九日当采菊不？至日欲共行也，但不知当晴不耳？

我觉得这要比“奉橘三百枚”还有意思。日本诗人芭蕉（Basho）有这样一封向他的门人借钱的信，在寥寥数语中画出一个飘逸的俳人来。

欲往芳野行脚，希惠借银五钱。此系勒借，容当奉还。唯老夫之事，亦殊难说耳。

去来君

芭蕉

日记又是一种考证的资料。近阅汪辉祖的《病榻梦痕录》上卷，乾隆二十年（1755）项下有这几句话：

绍兴秋收大歉。次年春夏之交，米价斗三百钱，丐殍载道。

同五十九年（1794）项下又云：

夏间米一斗钱三百三四十文。往时米价至一百五六十文，即有饿殍，今米常贵而人尚乐生，盖往年专贵在米，今则鱼虾蔬果无一不贵，故小贩村农俱可糊口。

这都是经济史的好材料，同时也可以看出他精明的性分。日本俳人一茶（Lssa）的日记一部分流行于世，最新发见刊行的为《一茶旅日记》，文化元年（1804）十二月中有记事云：

二十七日阴，买锅。
二十九日雨，买酱。

十几个字里贫穷之状表现无遗。同年五月项下云：

七日晴，投水男女二人浮出吾妻桥下。

此外还多同类的记事，年月从略：

九日晴，南风。妓女花井火刑。
二十四日晴。夜，庵前板桥被人窃去。
二十五日雨。所余板桥被窃。

这些不成章节的文句却含着不少的暗示的力量，我们读了恍忽想见作者的人物及背景，其效力或过于所作的俳句。我喜欢一茶的文集《俺的春天》，但也爱他的日记，虽然除了吟咏以外只是一行半行的纪事，我却觉得他尽有文艺的趣味。

在外国文人的日记尺牍中有一两节关于中国人的文章，也很有意思，抄录于下，博读者之一粲。倘若读者不笑而发怒，那是介绍者的不好，我愿意赔不是，只请不要见怪原作者就好了。

夏目漱石日记，明治四十二年（1909）

七月三日

晨六时地震。夜有支那人来，站在栅门前说把这个开了。问是谁，来干什么，答说我你家里的事都听见，姑娘八位，使女三位，三块钱。完全像个疯子。说你走罢也仍不回去，说还不走要交给警察了，答说我是钦差，随出去了。是个荒谬的东西。

以上据《漱石全集》第十一卷译出，后面是从英译《契诃夫书简集》中抄译的一封信。

契诃夫与妹书

一八九〇年六月二十九日，在木拉伏夫轮

船上。

我的舱里流星纷飞，——这是有光的甲虫，好像是电气的火光。白昼里野羊游泳过黑龙江。这里的苍蝇很大。我和一个契丹人同舱，名叫宋路理，他屡次告诉我，在契丹为了一点小事就要“头落地”。昨夜他吸鸦片烟醉了，睡梦中只是讲话，使我不能睡觉。二十七日我在契丹爱珲城近地一走。我似乎渐渐地走进一个怪异的世界里去了。轮船播动，不好写字。

明天我将到伯力了。那契丹人现在起首吟他扇上所写的诗了。

（一九二五年三月）

若子的病

《北京孔德学校旬刊》第二期于四月十一日出版，载有两篇儿童作品，其中之一是我的小女儿写的。

晚上的月亮（周若子）

晚上的月亮，很大又很明。我的两个弟弟说："我们把月亮请下来，叫月亮抱我们到天上去玩。月亮给我们东西，我们很高兴。我们拿到家里给母亲吃，母亲也一定高兴。"

但是这张旬刊从邮局寄到的时候，若子已正在垂死状态了。她的母亲望着摊在席上的报纸又看昏沉的病人，再也没有什么话可说，只叫我好好地收藏起来，——做一个将来决不再寓目的纪念品。我读了这篇小文，不禁忽然想起六岁时死亡的四弟椿寿，他于得急性肺炎的前两三天，也是固执地向着佣妇追问天上的情形，我自己知道这都是迷信，却不能禁止我脊梁上不发生冰冷的奇感。

十一日的夜中，她就发起热来，继之以大吐，恰巧小儿用的摄氏体温表给小波波（我的兄弟的小孩）摔破了，土步君正出着第二次种的牛痘，把华氏的一具拿去应用，我们房里没有体温表了，所以不能测量热度，到了黎明从间壁房中拿表来一量，乃是四十度三分！八时左右起了痉挛，妻抱住了她，只喊说，“阿玉惊了，阿玉惊了！”弟妇（即是妻的三妹）走到外边叫内弟起来，说“阿玉死了！”他惊起不觉坠落床下。这时候医生已到来了，诊察的结果说疑是“流行性脑脊髓膜炎”，虽然征候还未全具，总之是脑的故障，危险很大。十二时又复痉挛，这回脑的方面倒还在其次了，心脏中了霉菌的毒非常衰弱，以致血行不良，皮肤现出黑色，在臂上捺一下，凹下白色的痕好久还不回复。这一日里，院长山本博士，助手蒲君，看护妇永井君白君，前后都到，山本先生自来四次，永井君留住我家，帮助看病。第一天在混乱中过去了，次日病人虽不见变坏，可是一昼夜以来每两小时一回的樟脑注射毫不见效，心脏还是衰弱，虽然热度已减至三八至九度之间。这天下午因为病人想吃可可糖，我赶往哈达门去买，路上时时为不祥的幻想所侵袭，直到回家看见毫无动静这才略略放心。第三天是火曜日，勉强往学校去，下午三点半正要上课，听说家里有电话来叫，赶紧又告假回来，幸而这回只是梦呓，并未发生什么变化。夜中十二时山本先生诊后，始宣言性命可以无虑。十二日以来，经了两次的食盐注射，三十次以上的樟脑注射，身上拥着大小七个的冰囊，在七十二小时之末总算已离开了死之国土，这真是万幸的事了。

山本先生后来告诉川岛君说，那日曜日他以为一定不行的了。大约是第二天，永井君也走到弟妇的房里躲着下泪，她也觉得这小朋友怕要为了什么而辞去这个家庭了。但是这病人竟从万死中逃得一生，不知是哪里来的力量。医呢，药呢，她自己或别的不可知之力呢？但我知道，如没有医药及大家的救护，她总是早已不在了。我若是一种宗派的信徒，我的感谢便有所归，而且当初的惊怖或者也可减少，但是我不能如此，我对于未知之力有时或感着惊异，却还没有致感谢得那么深密的接触。我现在所想致感谢者在人而不在自然。我很感谢山本先生与永井君的热心的帮助，虽然我也还不曾忘记四年前给我医治肋膜炎的劳苦。川岛斐君二君每日殷勤的访问，也是应该致谢的。

整整地睡了一星期，脑部已经渐好，可以移动，遂于十九日午前搬往医院，她的母亲和“姊姊”陪伴着，因为心脏尚须疗治，住在院里较为便利，省得医生早晚两次赶来诊察。现在温度复原，脉搏亦渐恢复，她卧在我曾经住过两个月的病室的床上，只靠着一个冰枕，胸前放着一个小冰囊，伸出两只手来，在那里唱歌。妻同我商量，若子的兄姊十岁的时候，都花过十来块钱，分给用人并吃点东西当作纪念，去年因为筹不出这笔款，所以没有这样办，这回病好之后须得设法来补做并以祝贺病愈。她听懂了这会话的意思，便反对说，“这样办不好。倘若今年做了十岁，那么明年岂不还是十一岁么!”我们听了不禁破颜一笑。唉，这个小小的情景，我们在一星期前哪里敢梦想到呢?

紧张透了的心一时殊不容易松放开来。今日已是若子病后的第十一日，下午因为稍觉头痛告假在家，在院子里散步，这才见到白的紫的丁香都已盛开，山桃烂熳得开始憔悴了，东边路旁爱罗先珂君回俄国前手植作为纪念的一株杏花已经零落净尽，只剩有好些绿蒂隐藏嫩叶的底下。春天过去了，在我们彷徨惊恐的几天里，北京这好像敷衍人似的短促的春光早已偷偷地走过去了。这或者未免可惜，我们今年竟没有好好地看一番桃杏花。但是花明年会开的，春天明年也会再来的，不妨等明年再看；我们今年幸而能够留住了别个一去将不复来的春光，我们也就够满足了。

今天我自己居然能够写出这篇东西来，可见我的凌乱的头脑也略略静定了，这也是一件高兴的事。

（一九二五年四月）

代快邮

万羽兄：

这回爱国运动可以说是盛大极了，连你也挂了白文小章跑的那么远往那个地方去。我说“连你”，意思是说你平常比较的冷静，并不是说你非爱国专家，不配去干这宗大事，这一点要请你原谅。但是你到了那里，恐怕不大能够找出几个志士——自然，揭贴，讲演，劝捐，查货，敲破人家买去的洋灯罩（当然是因为仇货），这些都会有的，然而城内的士商代表一定还是那副脸嘴罢？他们不谈钱水，就谈稚老鹤老，或者仍旧拿头来比屁股，至于在三伏中还戴着尖顶纱秋，那还是可恶的末节了。在这种家伙队里，你能够得到什么结果？所以我怕你这回的努力至少有一半是白费的了。

我很惭愧自己对于这些运动的冷淡一点都不轻减。我不是历史家，也不是遗传学者，但我颇信丁文江先生所谓的谱牒学，对于中国国民性根本地有点怀疑。吕滂的《民族发展之心理》及《群众心理》（据英日译本，前者只见日译）于我都颇有影响，我不很相信群众或者也与这个有关。巴枯宁说，历史的唯一用处是教我们不要再这样，我以为读史的好处是在能预料又要这样了。我相信历史上不曾有过的事中国此后也不会有，将来舞台上所演的还是那几出戏，不过换了角色、衣服与看客。五四运动以来的民气作用，有些人诧为旷古奇闻，以为国家将兴之兆，其实也是古已有之，汉之党人，宋之太学生，明之东林，前例甚多，照现在情形看去与明季尤相似：门户倾轧，骄兵悍将，流寇，外敌。其结果——总之不是文艺复兴！孙中山未必是崇祯转生来报仇，我觉得现在各色人中倒有不少是几社复社，高杰左良玉，李自成吴三桂诸人的后身。阿尔文夫人看见她的儿子同他父亲一样地在那里同使女调笑，叫道“僵尸！”我们看了近来的情状怎能不发同样的恐怖与惊骇？佛教我是不懂的，但这“业”——种性之可怕，我也痛切地感到。即使说是自然的因果，用不着怎么诧异，灰心，然而也总不见得可以叹许，乐观；你对高山说希望中国会好起来，我不能赞同你，虽然也承认你的热诚与好意。

其实我何尝不希望中国会好起来？不过看不见好起来的征候，所以还不能希望罢了。好起来的征候第一是有勇气。古人云，“知耻近乎勇。”中国人现在就不知耻。我们大讲其国耻，但是限于“一致对外”，这便是卑鄙无耻的办法。三年前在某校讲演，关于国耻我有这样几句话：

> 我想国耻是可以讲的，而且也是应该讲的。但是我这所谓国耻并不专指丧失什么国家权利的耻辱，乃是指一国国民丧失了他们做人的资格的羞耻。这样的耻辱才真是国耻。……
>
> 中国女子的缠足，中国人之吸鸦片、买卖人口，都是真正的国耻，比被外国欺侮还要可耻。缠足、吸鸦片、买卖人口的中国人，即使用了俾士麦毛奇这些人才的力量，凭了强力解决了一切的国耻问题，收回了租界失地以至所谓藩属，这都不能算作光荣，中国人之没有做人的资格的羞耻依然存在。固然，缠足、吸鸦片、买卖人口的国民，无论如何崇拜强权，到底能否强起来，还是别一个问题。……

这些意见我到现在还没有什么更改。我并不说不必反抗外敌，但觉得反抗自己更重要得多，因为不但这是更可耻的耻辱，而且自己不改悔也就决不能抵抗得过别人。所以中国如要好起来，第一应当觉醒，先知道自己没有做人的资格至于被人欺侮之可耻，再有勇气去看定自己的丑恶，痛加忏悔，改革传统的谬思想恶习惯，以求自立，这才有点希望的萌芽。总之中国人如没有自批巴掌的勇气，一切革新都是梦想，因为凡有革新皆从忏悔生的。我们不要中国人定期正式举行忏悔大会，对证古本地自怨自艾，号泣于旻天，我只希望大家伸出一只手来摸摸胸前脸上这许多疮毒和疙瘩。照此刻的样子，以守国粹夸国光为爱国，一切中国所有都是好的，一切中国所为都是对的，在这个期间，中国是不会改变的，不会改好，即使也不至于变得再坏。革命是不会有的，虽然可以有换朝代；赤化也不会有的，虽然可以有扰乱杀掠。可笑日本人称汉族是革命的国民，英国人说中国要赤化了，他们对于中国事情真是一点都不懂。

近来为了雪耻问题平伯和西谛大打其架，不知你觉得怎样？我的意思是与平伯相近。他所说的话有些和“敌报”相像，但这也不足为奇，萧伯讷罗素诸人的意见在英国看来何尝不是同华人一鼻孔出气呢？平伯现在固然难与萧罗诸公争名，但其自己谴责的精神我觉得是一样地可取的。

密思忒西替羌不久将往西藏去了，他天天等着你回来，急于将一件关系你的尊严的秘密奉告。现在我暗地里先通知了你，使你临时不至仓皇失措。其事如下：有一天我的小侄儿对我们臧否人物，他说，“那个报馆的小孩儿最可恶，他这样地（做手势介），‘喂，小贝！小贝！’……”他自己虽只有三岁半，却把你认做同僚，你的蓄养多年的胡须在他眼睛里竟是没有，这种大胆真可佩服，虽然对于你未免有点失敬。——连日大雨，苦雨斋外筑起了泥堤，总算侥幸免于灌浸，那个夜半乱跳吓坏了疑古君的老虾蟆，又出来呱呱地大叫了，令我想起去年的事，那时你正坐在黄河船里哪。草草。

（一九二五年七月）

乌篷船

子荣君：

接到手书，知道你要到我的故乡去，叫我给你一点什么指导。老实说，我的故乡，真正觉得可怀恋的地方，并不是那里；但是因为在那里生长，住过十多年，究竟知道一点情形，所以写这一封信告诉你。

我所要告诉你的，并不是那里的风土人情，那是写不尽的，但是你到那里一看也就会明白的，不必啰唆地多讲。我要说的是一种很有趣的东西，这便是船。你在家乡平常总坐人力车、电车，或是汽车，但在我的故乡那里这些都没有，除了在城内或山上是用轿子以外，普通代步都是用船。船有两种，普通坐的都是“乌篷船”，白篷的大抵作航船用，坐夜航船到西陵去也有特别的风趣，但是你总不便坐，所以我也就可以不说了。乌篷船大的为“四明瓦”

（Symenngoa），小的为脚划船（划读如 uoa），亦称小船。但是最适用的还是在这中间的“三道”，亦即三明瓦。篷是半圆形的，用竹片编成，中夹竹箬，上涂黑油；在两扇“定篷”之间放着一扇遮阳，也是半圆的，木作格子，嵌着一片片的小鱼鳞，径约一寸，颇有点透明，略似玻璃而坚韧耐用，这就称为明瓦。三明瓦者，谓其中舱有两道，后舱有一道明瓦也。船尾用橹，大抵两支，船首有竹篙，用以定船。船头着眉目，状如老虎，但似在微笑，颇滑稽而不可怕，唯白篷船则无之。三道船篷之高大约可以使你直立，舱宽可以放下一顶方桌，四个人坐着打马将，——这个恐怕你也已学会了罢？小船则真是一叶扁舟，你坐在船底席上，篷顶离你的头有两三寸，你的两手可以搁在左右的舷上，还把手都露出在外边。在这种船里仿佛是在水面上坐，靠近田岸去时泥土便和你的眼鼻接近，而且遇着风浪，或是坐得少不小心，就会船底朝天，发生危险，但是也颇有趣味，是水乡的一种特色。不过你总可以不必去坐，最好还是坐那三道船罢。

你如坐船出去，可是不能像坐电车的那样性急，立刻盼望走到。倘若出城，走三四十里路（我们那里的里程是很短，一里才及英哩三分之一），来回总要预备一天。你坐在船上，应该是游山的态度，看看四周物色，随处可见的山，岸旁的乌桕，河边的红蓼和白蘋，渔舍，各式各样的桥，困倦的时候睡在舱中拿出随笔来看，或者冲一碗清茶喝喝。偏门外的鉴湖一带，贺家池，壶觞左近，我都是喜欢的，或者往娄公埠骑驴去游兰亭（但我劝你还是步行，骑驴或者于你不很相宜），到得暮色苍然的时候进城上都挂着薜荔的东门来，倒是颇有趣味的事。倘若路上不平静，你往杭州去时可于下午开船，黄昏时候的景色正最好看，只可惜这一带地方的名字我都忘记了。夜间睡在舱中，听水声橹声，来往船只的招呼声，以及乡间的犬吠鸡鸣，也都很有意思。雇一只船到乡下去看庙戏，可以了解中国旧戏的真趣味，而且在船上行动自如，要看就看，要睡就睡，要喝酒就喝酒，我觉得也可以算是理想的行乐法。只可惜讲维新以来这些演剧与迎会都已禁止，中产阶级的低能人别在"布业会馆"等处建起"海式"的戏场来，请大家买票看上海的猫儿戏。这些地方你千万不要去。——你到我那故乡，恐怕没有一个人认得，我又因为在教书不能陪你去玩，坐夜船，谈闲天，实在抱歉而且惆怅。川岛君夫妇现在偁山下，本来可以给你绍介，但是你到那里的时候他们恐怕已经离开故乡了。初寒，善自珍重，不尽。

（一九二六年一月）

好雨与好诗

民国十六年八月二十二日晨，大雷雨。并没有什么大风，几乎全是雨的力量，前院的枣树断了一枝，后院的洋槐倒了一株，直径都在两寸以上。院子里呢，照例全是水，而且又爬上阶来，进西屋里去：那里是吃饭的地方，所以还没有什么，只见一只旧铝锅在中央飘漾，屋角一堆木炭颜色更是漆黑可爱。好一场大雨——不，雨也随即止了，应该说好一片大水！把我简直地围困起来了，好像是软禁在优待室里。中午有东城要人请吃午饭，也不能去，苦矣；因为这一尺深的水我实在无法走过去，所以只好立在丝瓜棚下叹气。下午，读《唐诗三百首》，忽然有感，吟曰：

遥知朋友衔杯处，斟遍蒲陶少一人。

又东凑西拼，成五绝一章，寄呈当日出席诸大吟坛郢政。诗曰：

阶前一尺水，人事隔秋河。
独酌难成醉，杯宽酒不多。

（一九二七年八月）

哑吧礼赞

俗语云，“哑吧吃黄连”，谓有苦说不出也。但又云，“黄连树下弹琴”，则苦中作乐，亦是常有的事。哑吧虽苦于说不出话，盖亦自有其乐，或者且在吾辈有嘴巴人之上，未可知也。

普通把哑吧当作残废之一，与一足或无目等视，这是很不公平的事。哑吧的嘴既没有残，也没有废，他只是不说话罢了。《说文》云：“瘖，不能言病也。”就是照许君所说，不能言是一种病，但这并不是一种要紧的病，于嘴的大体用处没有多大损伤。查嘴的用处大约是这几种，（一）吃饭，（二）接吻，（三）说话。哑吧的嘴原是好好的，既不是缺少舌尖，也并不是上下唇连成一片，那么他如要吃喝，无论番菜或是“华餐”，都可以尽量受用，决没有半点不便，所以哑吧于个人的荣卫上毫无障碍，这是可以断言的。至于接吻呢？既如上述可以自由饮啖的嘴，在这件工作当然也无问题，因为如荷兰威耳德（Van de Velde）医生在《圆满的结婚》第八章所说，接吻的种种大都以香味触三者为限，于声别无关系，可见哑吧不说话之绝不妨事了。归根结底，哑吧的所谓病还只是在“不能言”这一点上。据我看来，这实在也不关紧要。人类能言本来是多此一举，试看两间林林总总，一切有情，莫不自遂其生，各尽其性，何曾说一句话。古人云，“猩猩能言，不离禽兽；鹦鹉能言，不离飞鸟。”可怜这些畜生，辛辛苦苦，学了几句人家的口头语，结果还是本来的鸟兽，多被圣人奚落一番，真是何苦来。从前四只眼睛的仓颉先生无中生有地造文字，害得好心的鬼哭了一夜，我怕最初类猿人里那一匹直着喉咙学说话的时候，说不定还着实引起了原始天尊的长叹了呢。人生营营所为何事，“饮食男女，人之大欲存焉”，既于大欲无亏，别的事岂不是就可以随便了么？中国处世哲学里很重要的一条是，多一事不如少一事，如哑吧者，可以说是能够少一事的了。

语云，“病从口入，祸从口出。”说话不但于人无益，反而有害，即此可见。一说话，话中即含有臧否，即是危险，这个年头儿。人不能老说“我爱你”等甜美的话，——况且仔细检查，我爱你即含有我不爱他或不许他爱你等意思，也可以成为祸根。哲人见客寒暄，但云“今天天气……哈哈哈！”不再加说明，良有以也，盖天气虽无知，唯说其好坏终不甚妥，故以一笑了之。往读杨恽报孙会宗书，但记其“种一顷豆，落而为萁”等语，心窃好之，却不知杨公竟因此而腰斩，犹如湖南十五六岁的女学生们以读《落叶》（系郭沫若的，非徐志摩的《落叶》）而被枪决，同样的不可思议。然而这个世界就是这样不可思议的世界，其奈之何哉。几千年来受过这种经验的先民留下遗训曰，“明哲保身”。几十年来看惯这种情形的茶馆贴上标语曰，“莫谈国事”。吾家金人三缄其口，二千五百年来为世楷模，声闻弗替。若哑吧者岂非今之金人欤?

常人以能言为能，但亦有因装哑吧而得名者，并且上下古今这样的人并不很多，即此可知哑吧之难能可贵了。第一个就是那鼎鼎大名的息夫人。她以倾国倾城的容貌，做了两任王后，她替楚王生了两个儿子，可是没有对楚王说一句话。喜欢和死了的古代美人吊膀子的中国文人于是大做特做其诗，有的说她好，有的说她坏，各自发挥他们的臭美，然而息夫人的名声也就因此大起来了。老实说，这实是妇女生活的一场悲剧，不但是一时一地一人的事情，差不多就可以说是妇女全体的运命的象征。易卜生所作《玩物之家》一剧中女主人公娜拉说，她想不到自己竟替漠不相识的男子生了两个子女，这正是息夫人的运命，其实也何尝不就是资本主义下的一切妇女的运命呢。还有一位不说话的，是汉末隐士姓焦名先的便是。吾乡金古良作《无双谱》，把这位隐士收在里面，还有一首赞题得好：

孝然独处，绝口不语，默隐以终，笑杀狐鼠。

并且据说“以此终身，至百余岁”，则是装了哑吧，既成高士之名，又享长寿之福，哑吧之可赞美盖彰彰然明矣。

世道衰微，人心不古，现今哑吧也居然装手势说起话来了。不过这在黑暗中还是不能用，不能说话。孔子曰，“邦无道，危行言逊。”哑吧其犹行古之道也欤。

（一九二九年十一月）

麻醉礼赞

麻醉，这是人类所独有的文明。书上虽然说，斑鸠食桑葚则醉，或云，猫食薄荷则醉，但这都是偶然的事，好像是人错吃了笑菌，笑得个一塌胡涂，并不是成心去吃了好玩的。成心去找麻醉，是我们万物之灵的一种特色，假如没有这个，人之所以异于禽兽者几希了。

麻醉有种种的方法。在中国最普通的一种是抽大烟。西洋听说也有文人爱好这件东西，一位散文家的杰作便是烟盘旁边的回忆，另一诗人的一篇《忽不烈汗》的诗也是从芙蓉城的醉梦中得来的。中国人的抽大烟则是平民化的，并不为某一阶级所专享，大家一样地吱吱地抽吸，共享麻醉的洪福，是一件值得称扬的事。鸦片的趣味何在，我因为没有入过黑籍，不能知道，但总是麻苏苏地很有趣罢。我曾见一位烟户，穷得可以，真不愧为鹑衣百结，但头戴一顶瓜皮帽，前面顶边烧成一个大窟窿，乃是沉醉时把头屈下去在灯上烧去的，于此即可想见其陶然之状态了。近代传闻孙馨帅有一队烟兵，在烟瘾抽足的时候冲锋最为得力，则已失了麻醉的意义，至少在我以为总是不足为训的了。

中国古已有之的国粹的麻醉法，大约可以说是饮酒。刘伶的“死便埋我”，可以算是最彻底了，陶渊明的诗也总是三句不离酒，如云“拨置且莫念，一觞聊可挥”，又云“天运苟如此，且进杯中物”，又云“中觞纵遥情，忘彼千载忧，且极今朝乐，明日非所求”，都是很好的例。酒，我是颇喜欢的，不过曾经声明过，殊不甚了解陶然之趣，只是乱喝一番罢了。但是在别人的确有麻醉的力量，它能引人着胜地，就是所谓童话之国土。我有两个族叔，尤是这样幸福的国土里的住民。有一回冬夜，他们沉醉回来，走过一乘吾乡所很多的石桥，哥哥刚一抬脚，棉鞋掉了，兄弟给他在地上乱摸，说道，“哥哥棉鞋有了。”用脚一踹，却又没有，哥哥道，“兄弟，棉鞋汪的一声又不见了！”原来这乃是一只黑小狗，被兄弟当作棉鞋捧了来了。我们听了或者要笑，但他们那时神圣的乐趣我辈外人哪里能知道呢？的确，黑狗当棉鞋的世界于我们真是太远了，我们将棉鞋当棉鞋，自己说是清醒，其实却是极大的不幸，何为可惜十二文钱，不买一提黄汤，灌得倒醉以入此乐土乎。

信仰与梦，恋爱与死，也都是上好的麻醉。能够相信宗教或主义，能够做梦，乃是不可多得的幸福的性质，不是人人所能获得。恋爱要算是最好了，无论何人都有此可能，而且犹如采补求道，一举两得，尤为可喜。不过此事至难，第一须有对手，不比别的只要一灯一盏即可过瘾，所以即使不说是奢侈，至少也总是一种费事的麻醉罢。至于失恋以至反目，事属寻常，正如酒徒呕吐，烟客脾泄，不足为病，所当从头承认者也。末后说到死。死这东西，有些人以为还好，有些人以为很坏，但如当作麻醉品去看时，这似乎倒也不坏。依壁鸠鲁说过，死不足怕，因为死与我辈没有关系，我们在时尚未有死，死来时我们已没有了。快乐派是相信原子说的，这种唯物的说法可以消除死的恐怖，但由我们看来，死又何尝不是一种快乐，麻醉得使我们没有，这样乐趣恐非醇酒妇人所可比拟的罢？所难者是怎样才能如此麻醉、快乐？这个我想是另一问题，不是我们现在所要谈论的了。

醉生梦死，这大约是人生最上的生活法罢？然而也有人不愿意这样。普通外科手术总用全身或局部的麻醉，唯偶有英雄独破此例，如关云长刮骨疗毒，为世人所佩服，固其宜也。盖世间所有唯辱与苦，茹苦忍辱，斯乃得度。画廊派哲人（Stoics）之勇于自杀，自成宗派，若彼得洛纽思（Petroncus）听歌饮酒，切脉以死，虽稍贵族的，故自可喜。达拉思布耳巴（Taras Bulba）长子为敌所获，毒刑致死，临死曰，“父亲，你都看见么？”达拉思匿观众中大呼曰，“儿子，我都看见！”此则哥萨克之勇士，北方之强也。此等人对于人生细细尝味，如啜苦酒，一点都不含糊，其坚苦卓绝盖不可及，但是我们凡人也就无从追踪了。话又说了回来，我们的生活恐怕还是醉生梦死最好罢。——所苦者我只会喝几口酒，而又不能麻醉，还是清醒地都看见听见，又无力高声大喊，此乃是凡人之悲哀，实为无可如何者耳。

（一九二九年十一月）

西班牙的古城

听了君培的保荐之后，我特地跑到市场，买了一本徐霞村戴望舒两位先生合译的《西万提斯的未婚妻》，又添上一本徐先生编著的《现代南欧文学概观》，结果给了岐山书社一块钱，只找回二十枚的一张破铜元票。

我在路上看了《概观》里的一篇讲阿左林的文章，虽是很简单，却比那些更长的评论还觉得有意思。随后读了《未婚妻》里两篇小品，《一个西班牙的城》和《一个劳动者的生活》，我都觉得很好。回家后总是无闲，隔了三天遇见星期日，吃过午饭，才有工夫翻开书来读了五六篇，到了《节日》读完，放下书叹了一口气：要到什么时候我才能写这样的文章呢！

我不知怎样对于西班牙颇有点儿感情。为什么缘故呢？谁知道。同是在南欧的意大利，我便不十分喜欢。做《神圣的喜剧》的但丁实在是压根儿就不懂，邓南遮将军的帝国主义的气焰不必说我是不敢领教，就是早期的《死之胜利》我知道它写得好，也总不是我的爱读书。《十日谈》的著者濮卡屈大师有点儿可喜，但也似乎不及法国的后辈拉勃来与蒙丹纳更使人感到亲近。这大约是我的偏见，一直从古代起，我对于罗马文学没有什么兴趣，——其堕落时期的两种小说自然是例外。虽然后来意大利文学未必就是罗马的传统，但我总觉得对于二者之冷淡仿佛是有什么关系似的。

有一个西万提斯和“吉诃德先生”，这恐怕是使我对西班牙怀着好感的一个原因。这部十六世纪的小说，我还想偷闲来仔细读它一下子。英国学者们做的《西万提斯传》与乌纳木诺解说的《吉诃德先生的生活》，我读了同样地感到兴趣与意义，虽然乌纳木诺的解释有些都是主观的，借了吉诃德先生来骂现代资本主义的一切罪恶，但我想整个的精神上总是不错的。同乌纳木诺一样地反对专政的伊巴涅支，写他故乡的生活也很有味，虽然他在世界以《启示录的四骑士》得名，我却还没有读，我想这或者也如显克微支的《你往何处去》，反把短篇小说埋没了罢。其次是阿左林。他的文章的确好而且特别，读他描写西班牙的小品，真令人对于那些古城小市不能不感到一种牵引了。蔼理斯的《西班牙的精神》给我不少愉快的印象，伊尔文的《大食故宫余载》也是我小时候爱读的书，至今朦胧地回忆起来，不知怎地觉得伊伯利亚半岛的东西杂糅的破落户的古国很有点像是梦里的故乡，只可惜真的故乡和祖国没有艺术的写真，在日光直射之下但有明明白白的老耄与变质，不免如司马牛那样要嫉妒人家的幸福了。

《西万提斯的未婚妻》这本译本是我所喜欢的书，——不过书名似乎不大好，有点儿 Journalistic（江湖气?），而且也太长。

（一九三〇年五月）

志摩纪念

面前书桌上放着九册新旧的书，这都是志摩的创作，有诗、文、小说、戏剧，——有些是旧有的，有些给小孩们拿去看丢了，重新买来的。《猛虎集》是全新的，衬页上写了这几行字："志摩飞往南京的前一天，在景山东大街遇见，他说还没有送你《猛虎集》，今天从志摩的追悼会出来，在景山书社买得此书。"

志摩死了，现在展对遗书，就只感到古人的人琴俱亡这一句话，别的没有什么可说。志摩死了，这样精妙的文章再也没有人能做了，但是，这几册书遗留在世间，志摩在文学上的功绩也仍长久存在。中国新诗已有十五六年的历史，可是大家都不大努力，更缺少锲而不舍地继续努力的人，在这中间志摩要算是唯一的忠实同志，他前后苦心地创办诗刊，助成新诗的生长，这个劳绩是很可纪念的，他自己又孜孜矻矻地从事于创作，自《志摩的诗》以至《猛虎集》，进步很是显然，便是像我这样外行也觉得这是显然。散文方面志摩的成就也并不小，据我个人的愚见，中国散文中现有几派，适之仲甫一派的文章清新明白，长于说理讲学，好像西瓜之有口皆甜，平伯废名一派涩如青果，志摩可以与冰心女士归在一派，仿佛是鸭儿梨的样子，流丽轻脆，在白话的基本上加入古文方言欧化种种成分，使引车卖浆之徒的话进而为一种富有表现力的文章，这就是单从文体变迁上讲也是很大的一个贡献了。志摩的诗、文，以及小说戏剧在新文学上的位置与价值，将来自有公正的文学史家会来精查公布，我这里只是笼统地回顾一下，觉得他半生的成绩已经很够不朽，而在这壮年，尤其是在这艺术地“复活”的时期中途凋丧，更是中国文学的一大损失了。

但是，我们对于志摩之死所更觉得可惜的是人的损失。文学的损失是公的，公摊了时个人所受到的只是一份，人的损失却是私的，就是分担也总是人数不会太多而分量也就较重了。照交情来讲，我与志摩不算顶深，过从不密切，所以留在记忆上想起来时可以引动悲酸的情感的材料也不很多，但即使如此我对于志摩的人的悼惜也并不少。的确如适之所说，志摩这人很可爱，他有他的主张，有他的派路，或者也许有他的小毛病，但是他的态度和说话总是和蔼真率，令人觉得可亲近，凡是见过志摩几面的人，差不多都受到这种感化，引起一种好感，就是有些小毛病小缺点也好像脸上某处的一颗小黑痣，也是造成好感的一小小部分，只令人微笑点头，并没有嫌憎之感。有人戏称志摩为诗哲，或者笑他的戴印度帽，实在这些戏弄里都仍含有好意的成分，有如老同窗要举发从前吃戒尺的逸事，就是有派别的作家加以攻击，我相信这所以招致如此怨恨者也只是志摩的阶级之故，而决不是他的个人。适之又说志摩是诚实的理想主义者，这个我也同意，而且觉得志摩因此更是可尊了。这个年头儿，别的什么都有，只是诚实却早已找不到，便是爪哇国里恐怕也不会有了罢，志摩却还保守着他天真烂漫的诚实，可以说是世所希有的奇人了。我们平常看书看杂志报章，第一感到不舒服的是那伟大的说诳，上自国家大事，下至社会琐闻，不是恬然地颠倒黑白，便是无诚意地弄笔头，其实大家也各自知道是怎么一回事，自己未必相信，也未必望别人相信，只觉得非这样地说不可。知识阶级的人挑着一副担子，前面是一筐子马克思，后面一口袋尼采，也是数见不鲜的事，在这时候有一两个人能够诚实不欺地在言行上表现出来，无论这是哪一种主张，总是很值得我们的尊重的了。关于志摩的私德，适之有代为辩明的地方，我觉得这并不成什么问题。为爱惜私人名誉起见，辩明也可以说是朋友的义务，若是从艺术方面看去这似乎无关重要。诗人文人这些人，虽然与专做好吃的包子的厨子，雕好看的石像的匠人，略有不同，但总之小德逾闲与否于其艺术没有多少关系，这是我想可以明言的。不过这也有例外，假如是文以载道派的艺术家，以教训指导我们大众自任，以先知哲人自任的，我们在同样谦恭地接受他的艺术以前，先要切实地检察他的生活，若是言行不符，那便是假先知，须得谨防上他的当。现今中国的先知有几个禁得起这种检察的呢？这我可不得而知了。这或者是我个人的偏见亦未可知，但截至现在我还没有找到觉得更对的意见，所以对于志摩的事也就只得仍是这样地看下去了。

志摩死后已是二十几天了，我早想写小文纪念他，可是这从哪里去着笔呢？我相信写得出的文章大抵都是可有可无的，真的深切的感情只有声音、颜色、姿势，或者可以表出十分之一二，到了言语便有点儿可疑，何况又到了文字。文章的理想境我想应该是禅，是个不立文字，以心传心的境界，有如世尊拈花，迦叶微笑，或者一声“且道”，如棒敲头，夯地一下顿然明了，才是正理，此外都不是路。我们回想自己最深密的经验，如恋爱和死生之至欢极悲，自己以外只有天知道，何曾能够于金石竹帛上留下一丝痕迹，即使呻吟作苦，勉强写下一联半节，也只是普通的哀辞和定情诗之流，哪里道得出一分苦甘，只看汗牛充栋的集子里多是这样物事，可知除圣人天才之外谁都难逃此难。我只能写可有可无的文章，而纪念亡友又不是可以用这种文章来敷衍的，而纪念刊的收稿期限又迫切了，不得已还只得写，结果还只能写出一篇可有可无的文章，这使我不得不重又叹息。这篇小文的次序和内容差不多是套适之在追悼会所发表的演辞的，不过我的话说得很是素朴粗笨，想起志摩平素是爱说老实话的，那么我这种老实的说法或者是志摩的最好纪念亦未可知，至于别的一无足取也就没有什么关系了。

（一九三一年十二月）

骨董小记

从前偶然做了两首打油诗，其中有一句云，老去无端玩骨董，有些朋友便真以为我有些好骨董，或者还说有古玩一架之多。我自己也有点不大相信了，在苦雨斋里仔细一查，果然西南角上有一个书橱，架上放着好些——玩意儿。这书橱的格子窄而且深，全橱宽只一公尺三五，却分作三份，每份六格，每格深二三公分，放了“四六判”的书本以外，大抵还可空余八公分，这点地方我就利用了来陈列小小的玩具。这总计起来有二十四件，现在列记于下。

一、竹制黑猫一，高七公分，宽三公分。竹制龙舟一，高八公分，长七公分，是一个友人从长崎买来送我的。竹木制香炉各一，大的高十公分，小者六公分，都从东安市场南门内摊上买来。

二、土木制偶人共九，均日本新制，有雏人形，博多人形，仿御所人形各种，有“暂”“鸟边山”“道成寺”各景，高自三至十六公分。松竹梅土制白公鸡一，高三公分。

三、面人三，隆福寺街某氏所制，魁星高六公分，孟浩然连所跨毛驴共高四公分，长眉大仙高四公分，孟浩然后有小童杖头挑壶卢随行，后有石壁，外加玻璃盒，价共四角。搁在斋头已将一年，面人幸各无恙，即大仙细如蛛丝的白眉亦尚如故，真可谓难得也。

四、陶制舟一，高六公分，长十二公分，底有印曰一休庵。篷作草苫，可以除去，其中可装柳木小剔牙签，船头列珊瑚一把，盖系“宝船”也。又贝壳舟一，象舟人着蓑笠持篙立筏上，以八棱牙贝九个，三贝相套为一列，三列成筏，以瓦楞子作蓑，梅花贝作笠，黄核贝作舟人的身子，篙乃竹枝。今年八月游江之岛，以十五钱买得之，虽不及在小凑所买贝人形“挑水”之佳，却也别有风致，盖挑水似艳丽的人物画，而此船则是水墨山水中景物也。

五、古明器四，碓灶猪人各一也。碓高二公分，宽四公分，长十三公分。灶高八公分半，宽九公分。猪高五公分，长十一公分。人高十二公分。大抵都是唐代制品，在洛阳出土的。又自制陶器花瓶一，高八公分，中径八公分，上下均稍小，题字曰：忍过事堪喜。甲戌八月十日在江之岛书杜牧之句制此，知堂。底长方格内文曰：苦茶庵自用品。其实这是在江之岛对岸的片濑所制，在素坯上以破笔蘸蓝写字，当场现烧，价二十钱也。

六、方铜镜一，高广各十一公分，背有正书铭十六字，文曰：既虚其中，亦方其外，一尘不染，万物皆备。其下一长方印，篆文曰薛晋侯造。

总算起来，只有明器和这镜可以说是骨董。薛晋侯镜之外还有一面，虽然没有放在这一起，也是我所喜欢的。镜作葵花八瓣形，直径宽处十一公分半，中央有长方格，铭两行曰：湖州石十五郎炼铜照子。明器自罗振玉的《图录》后已著于录，薛石的镜子更是文献足征了。汪曰桢《湖雅》卷九云：

《乌程刘志》：湖之薛镜驰名，薛杭人而业于湖，以磨镜必用湖水为佳。案薛名晋侯，字惠公，明人，向时称薛惠公老店，在府治南宣化坊。

又云：

《西吴枝乘》：镜以吴兴为良，其水清冽能发光也。予在婺源购得一镜，水银血斑满面，开之止半面，光如上弦之月。背铸字两行云，湖州石十三郎自照青铜监子，十二字，乃唐宋殉葬之物也。镜以监子名，甚奇。案宋人避敬字嫌名，改镜曰照子，亦曰鉴子，监即鉴之省文，何足为异。此必宋制，与唐无涉，且明云自照，乃生时所用，亦非殉葬物也。

梁廷枏《藤花亭镜谱》卷四亦已录有石氏制镜，文曰：

> 南唐石十姐镜：葵花六瓣，全体平素，右作方格而中分之，识分两行，凡十有二字，正书，曰，湖州石十姐摹练铜作此照子。予尝见姚雪逸司马衡藏一器，有柄，识曰，湖州石念二叔照子。又见两拓本，一云，湖州石十五郎炼铜照子，一云，湖州石十四郎作照子，并与此大同小异，此云十姐，则石氏兄弟姊妹咸擅此技矣。云照子者亦唯石氏有之，古不过称鉴称镜而已。石氏南唐人，据姚司马考之如此。

南唐人本无避宋讳之理，且湖州在宋前也属于吴越，不属南唐，梁氏自己亦以为疑，但深信姚司马考据必有所本，定为南唐，未免是千虑一失了。

但是我总还不很明白骨董究竟应该具什么条件。据说骨董原来只是说古器物，那么凡是古时的器物便都是的，虽然这时间的问题也还有点麻烦。例如巨鹿出土的宋大观年代的器物当然可以算作骨董了，那些陶器大家都知宝藏，然而午门楼上的板桌和板椅真是历史上的很好材料，却总没法去放在书房里做装饰，固然难找得第二副，就是想放也是枉然。由此看来，古器物中显然可以分两部分，一是古物，二仍是古物，但较小而可玩者，因此就常被称为古玩者是也。镜与明器大抵可以列入古玩之部罢，其余那些玩物，可玩而不古，那么当然难以冒扳华宗了。古玩的趣味，在普通玩物之上又加上几种分子。其一是古。古的好处何在，各人说法不同，要看他是哪一类的人。假如这是宗教家派的复古家，古之所以可贵者便因其与理想的天国相近。假如这是科学家派的考古家，他便觉得高兴，能够在这些遗物上窥见古时生活的一瞥。不佞并不敢自附于那一派，如所愿则还在那别无高古的理想与热烈的情感的第二种人。我们看了宋明的镜子未必推测古美人的梳头匀面，“颇涉遐想”，但借此知道那时照影用的是有这一种式样，就得满足，于形色花样之外又增加一点兴味罢了。再说古玩的价值其二是稀。物以稀为贵，现存的店铺还要标明只此一家以见其名贵，何况古物，书夸孤本，正是应该。不过在这一点上我不甚赞同，因为我所有的都是常有多有的货色，大抵到每一个骨董摊头去一张望即可发见有类似品的。此外或者还可添加一条，其三是贵。稀则必贵，此一理也。贵则必好，大官富贾买古物如金刚宝石然，此又一理也。若不佞则无从措辞矣，赞成乎？无钱；反对乎？殆若酸蒲桃。总而言之，我所有的虽也难说贱却也决不贵。明器在国初几乎满街皆是，一个一只洋耳，镜则都在绍兴从大坊口至三埭街一带地方得来，在铜店柜头杂置旧锁钥匙小件铜器的匣中检出，价约四角至六角之谱，其为我买来而不至被烊改作铜火炉者，盖偶然也。然亦有较贵者，小偷阿桂携来一镜，背作月宫图，以一元买得，此镜《藤花亭镜谱》亦著录，定为唐制，但今已失去。

玩骨董者应具何种条件？此亦一问题也。或曰，其人应极旧，如是则表里统一，可以养性。或曰，其人须极新，如是则世间谅解，可以免骂。此二说恐怕都有道理，不佞不能速断。但是，如果二说成立其一，于不佞皆大不利，无此资格而玩骨董，不佞亦自知其不可矣。

（一九三四年十月）

半农纪念

七月十五日夜我们到东京，次日定居本乡菊坂町。二十日我同妻出去，在大森等处跑了一天，傍晚回寓，却见梁宗岱先生和陈女士已在那里相候。谈次陈女士说在南京看见报载刘半农先生去世的消息，我们听了觉得不相信，徐耀辰先生在座也说这恐怕是别一个刘复吧，但陈女士说报上记的不是刘复而是刘半农，又说北京大学给他照料治丧，可见这是不会错的了。我们将离开北平的时候，知道半农往绥远方面旅行去了，前后相去不过十日，却又听说他病死了已有七天了。世事虽然本来是不可测的，但这实在来得太突然，只觉得出于意外，惘然若失而外，别无什么话可说。

半农和我是十多年的老朋友，这回半农的死对于我是一个老友的丧失，我所感到的也是朋友的哀感，这很难得用笔墨纪录下来。朋友的交情可以深厚，而这种悲哀总是淡泊而平定的，与夫妇子女间沉挚激越者不同，然而这两者却是同样地难以文字表示得恰好。假如我同半农要疏一点，那么我就容易说话，当作一个学者或文人去看，随意说一番都不要紧。很熟的朋友却只作一整个的人看，所知道的又太多了，要想分析想挑选了说极难着手，而且褒贬稍差一点分量，心里完全明了，就觉得不诚实，比不说还要不好。荏苒四个多月过去了，除了七月二十四日写了一封信给半农的长女小蕙女士外，什么文章都没有写，虽然有三四处定期刊物叫我做纪念的文章，都谢绝了，因为实在写不出。九月十四日，半农死后整两个月，在北京大学举行追悼会，不得不送一副挽联，我也只得写这样平凡的几句话去：

十七年尔汝旧交，追忆还从卯字号；
廿①余日驰驱大漠，归来竟作丁令威。

这是很空虚的话，只是仪式上所需的一种装饰的表示而已。学校决定要我充当致辞者之一，我也不好拒绝，但是我仍是明白我的不胜任，我只能说说临时想出来的半农的两种好处。其一是半农的真。他不装假，肯说话，不投

①“廿”原作“二十”。

机，不怕骂，一方面却是天真烂漫，对什么人都无恶意。其二是半农的杂学。他的专门是语音学。但他的兴趣很广博，文学美术他都喜欢，做诗，写字，照相，蒐书，讲文法，谈音乐。有人或者嫌他杂，我觉得这正是好处，方面广，理解多，于处世和治学都有用，不过在思想统一的时代自然有点不合式。我所能说者也就是极平凡的这寥寥几句。

前日阅《人间世》第十六期，看见半农遗稿《双凤凰专斋小品文》之五十四，读了很有所感。其题目曰《记砚兄之称》，文云：

> 余与知堂老人每以砚兄相称，不知者或以为儿时同窗友也。其实余二人相识，余已二十七，岂明已三十三。时余穿鱼皮鞋，犹存上海少年滑头气，岂明则蓄浓髯，戴大绒帽，披马夫式大衣，俨然一俄国英雄也。越十年，红胡入关主政，北新封，《语丝》停，李丹忱捕，余与岂明同避菜厂胡同一友人家。小厢三楹，中为膳食所，左为寝室，席地而卧，右为书室，室仅一桌，桌仅一砚。寝，食，相对枯坐而外，低头共砚写文而已，砚兄之称自此始。居停主人不许多友来视，能来者余妻岂明妻而外，仅有徐耀辰兄传递外间消息，日或三四至也。时为民国十六年，以十月二十四

日去，越一星期归，今日思之，亦如梦中矣。

这文章写得颇好，文章里边存着作者的性格，读了如见半农其人。民国六年春间我来北京，在《新青年》中初见到半农的文章，那时他还在南方，留下一种很深的印象，这是几篇《灵霞馆笔记》，觉得有清新的生气，这在别人笔下是没有的。现在读这遗文，恍然记及十七年前的事，清新的生气仍在，虽然更加上一点苍老与着实了。但是时光过得真快，鱼皮鞋子的故事在今日活着的人里只有我和玄同还知道吧，而菜厂胡同一节说起来也有车过腹痛之感了。前年冬天半农同我谈到蒙难纪念，问这是哪一天，我查旧日记，恰巧民国十六年中有几个月不曾写，于是查对《语丝》末期出版月日等等，查出这是在十月二十四，半农就说下回我们要大举请客来作纪念，我当然赞成他的提议。去年十月不知道怎么一混大家都忘记了，今年夏天半农在电话里还说起，去年可惜又忘记了，今年一定要举行。然而半农在七月十四日就死了，计算到十月二十四恰是一百天。

昔时笔祸同蒙难，
菜厂幽居亦可怜。
算到今年逢百日，
寒泉一盏荐君前。

这是我所作的打油诗，九月中只写了两首，所以在追悼会上不曾用，今见半农此文，便拿来题在后面。所云菜厂在北河沿之东，是土肥原的旧居，居停主人即土肥原的后任某少佐也，秋天在东京本想去访问一下，告诉他半农的消息，后来听说他在长崎，没有能见到。

还有一首打油诗，是拟近来很时髦的浏阳体的，结果自然是仍旧拟不像，其辞曰：

漫云一死恩仇泯，
海上微闻有笑声。
空向刀山长作揖，
阿旁牛首太狰狞。

半农从前写过一篇《作揖主义》，反招了许多人的咒骂。我看他实在并不想侵犯别人，但是人家总喜欢骂他，仿佛在他死后还有人骂。本来骂人没有什么要紧，何况又是死人，无论骂人或颂扬人，里边所表示出来的反正都是自己。我们为了交谊的关系，有时感到不平，实在是一种旧的惯性，倒还是看了自己反省要紧。譬如我现在来写纪念半农的文章，固然并不想骂他，就是空虚地说了好些好话，于半农了无损益，只是自己出乖露丑。所以我今日只能说这些闲话，说的还是自己，至多是与半农的关系罢了，至于目的虽然仍是纪念半农。半农是我的老朋友之一，我很悼惜他的死。在有些不会赶时髦结识新相好的人，老朋友的丧失实在是最可悼惜的事。

（一九三四年十一月）

关于命运

我近来很有点相信命运。那么难道我竟去请教某法师某星士，要他指点我的流年或终身的吉凶么？那也未必。这些要知道我自己都可以知道，因为知道自己应该无过于自己。我相信命运，所凭的不是吾家易经神课，却是人家的科学术数。我说命，这就是个人的先天的质地，今云遗传。我说运，是后天的影响，今云环境。二者相乘的结果就是数，这个字读如数学之数，并非虚无飘渺的话，是实实在在的一个数目，有如从甲乙两个已知数做出来的答案，虽曰未知数而实乃是定数也。要查这个定数须要一本对数表，这就是历史。好几年前我就劝人关门读史，觉得比读经还要紧还有用，因为经至多不过是一套准提咒罢了，史却是一座孽镜台，他能给我们照出前因后果来也。我自己读过一部《纲鉴易知录》，觉得得益匪浅，此外还有《明季南北略》和《明季稗史汇编》，这些也是必读之书，近时印行的《南明野史》可以加在上面，盖因现在情形很像明季也。

日本永井荷风著《江户艺术论》十章，其《浮世绘之鉴赏》第五节论日本与比利时美术的比较，有云：

> 我反省自己是什么呢，我非威耳哈仑（Verhaeren）似的比利时人而是日本人也，生来就和他们的运命及境遇迥异的东洋人也。恋爱的至情不必说了，凡对于异性之性欲的感觉悉视为最大的罪恶，我辈即奉戴着此法制者也。承受“胜不过啼哭的小孩和地主”的教训的人类也，知道“说话则唇寒”的国民也。使威耳哈仑感奋的那滴着鲜血的肥羊肉与芳醇的蒲桃酒与强壮的妇女的绘画，都于我有什么用呢？呜呼，我爱浮世绘。苦海十年为亲卖身的游女的绘姿使我泣。凭倚竹窗茫然看着流水的艺伎的姿态使我喜。卖宵夜面的纸灯寂寞地停留的河边的夜景使我醉。雨夜啼月的杜鹃，阵雨中散落的秋天木叶，落花飘风的钟声，途中日暮的山路的雪，凡是无常无告无望的，使人无端嗟叹此世只是一梦的，这样的一切东西，于我都是可亲，于我都是可怀。

又第三节中论江户时代木板画的悲哀的色彩云：

这暗示出那样暗黑时代的恐怖与悲哀与疲劳，在这一点上我觉得正如闻娼妇啜泣的微声，深不能忘记那悲苦无告的色调。我与现社会相接触，常见强者之极其强暴而感到义愤的时候，想起这无告的色彩之美，因了潜存的哀诉的旋律而将暗黑的过去再现出来，我忽然了解东洋固有的专制的精神之为何，深悟空言正义之不免为愚了。希腊美术发生于以亚坡隆为神的国土，浮世绘则由与虫豸同样的平民之手制作于日光晒不到的小胡同的杂院里。现在虽云时代全已变革，要之只是外观罢了。若以合理的眼光一看破其外皮，则武断政治的精神与百年以前毫无所异。江户木板画之悲哀的色彩至今全无时间的间隔，深深沁入我们的胸底，常传亲密的私语者，盖非偶然也。

荷风写此文时在大正二年（一九一三）正月，已发如此慨叹，二十年后的今日不知更怎么说，近几年的政局正是明治维新的平反，“幕府”复活，不过是一阶级而非一家系的，岂非建久以来七百余年的征夷大将军的威力太大，六十年的尊王攘夷的努力丝毫不能动摇，反而自己没落了么？以上是日本的好例。

我们中国又如何呢？我说现今很像明末，虽然有些热心的文人学士听了要不高兴，其实是无可讳言的。我们且不谈那建夷，流寇，方镇，宦官以及饥荒等，只说八股和党社这两件事罢。清许善长著《碧声吟馆谈麈》卷四有论八股一则，中有云：

> 功令以时文取士，不得不为时文。代圣贤立言，未始不是，然就题作文，各肖口吻，正如优孟衣冠，于此而欲征其品行，觇其经济，真隔膜矣。卢抱经学士云，时文验其所学而非所以为学也，自是通论。至景范之言曰，秦坑儒不过四百，八股坑人极于天下后世，则深恶而痛疾之也。明末东林党祸惨酷尤烈，竟谓天子可欺，九庙可毁，神州可陆沉，而门户体面决不可失，终至于亡国败家而不悔，虽曰气运使然，究不知是何居心也。

明季士大夫结党以讲道学，结社以作八股，举世推重，却不知其于国家有何用处，如许氏说则其为害反是很大。明张岱的意见与许氏同，其《与李砚翁书》云：

> 夫东林自顾泾阳讲学以来，以此名目祸我国家者八九十年，以其党升沉用占世数兴败，其党盛则为终南之捷径，其党败则为元祐之党碑，风

波水火，龙战于野，其血玄黄，朋党之祸与国家相为终始。盖东林首事者实多君子，窜入者不无小人，拥戴者皆为小人，招来者亦有君子。……东林之中，其庸庸碌碌者不必置论，如贪婪强横之王图，奸险凶暴之李三才，闯贼首辅之项煜，上笺劝进之周钟，以至窜入东林，乃欲俱奉之以君子，则吾臂可断决不敢徇情也。东林之尤可丑者，时敏之降闯贼曰，吾东林时敏也，以冀大用。鲁王监国，蕞尔小朝廷，科道任孔当辈犹曰，非东林不可进用，则是东林二字直与蕞尔鲁国及汝偕亡者。

明朝的事归到明朝去，我们本来可以不管，可是天下事没有这样如意，有些痴颠恶疾都要遗传，而恶与癖似亦不在例外，我们毕竟是明朝人的子孙，这笔旧账未能一笔勾消也。——虽然我可以声明，自明正德时始迁祖起至于现今，吾家不曾在政治文学上有过什么作为，不过民族的老账我也不想赖，所以所有一切好坏事情仍然担负四百兆分之一。

我们现在且说写文章的。代圣贤立言，就题作文，各肖口吻，正如优孟衣冠，是八股时文的特色，现今有多少人不是这样的？功令以时文取士，岂非即文艺政策之一面，而又一面即是文章报国乎？读经是中国固有的老嗜好，却也并不与新人不相容，不读这一经也该读别一经的。近来听说有单骂人家读《庄子》《文选》的，这必有甚深奥义，假如不是对人非对事。这种事情说起来很长，好像是专找拿笔杆的开玩笑，其实只是借来作个举一反三的例罢了。万物都逃不脱命运。我们在报纸上常看见枪毙毒犯的新闻，有些还高兴去附加一个照相的插图。毒贩之死于厚利是容易明了的，至于再吸犯便很难懂，他们何至于爱白面过于生命呢？第一，中国人大约特别有一种麻醉享受性，即俗云嗜好。第二，中国人富的闲得无聊，穷的苦得不堪，以麻醉消遣。有友好之劝酬，有贩卖之便利，以麻醉玩弄。卫生不良，多生病痛，医药不备，无法治疗，以麻醉救急。如是乃上瘾，法宽则蔓延，法严则骈诛矣。此事为外国或别的殖民地所无，正以此种癖性与环境亦非别处所有耳。我说麻醉享受性，殊有杜撰生造之嫌，此正亦难免，但非全无根据，如古来的念咒画符读经惜字唱皮黄做八股叫口号贴标语皆是也，或以意，或以字画，或以声音，均是自己麻醉，而以药剂则是他力麻醉耳。考虑中国的现在与将来的人士必须要对于他这可怕的命运知道畏而不惧，不讳言，敢正视，处处努力要抓住它的尾巴而不为所缠绕住，才能获得明智，死生吉凶全能了知，然而此事大难，真真大难也。

我们没有这样本领的只好消极地努力，随时反省，不能减轻也总不要去增长累世的恶业，以水为鉴，不到政治文学坛上去跳旧式的戏，庶几下可对得起子孙，虽然对于祖先未免少不肖，然而如孟德斯鸠临终所言，吾力之微正如帝力之大，无论怎么挣扎不知究有何用？日本失名的一句小诗云：

虫呵虫呵，难道你叫着，业便会尽了么？

（一九三五年四月）

市河先生

近十年来我在北京大学教日本文，似乎应该有好些的教学经验可以谈谈，其实却并不然。我对于教没有什么心得可谈，这便因为在学的时候本来也没有什么成绩。最重要的是经验，我的经验却是很不上轨道很无程序的，几乎不成其为经验。我学日文差不多是自修的，虽然在学校里有好几位教员，他们很热心地教，不过我很懒惰不用功，受不到多少实益。说自修又并不是孜孜矻矻地用苦功，实在是不足为法的，不过有些事情也不妨谈谈，或者有点足以供自修日文的诸君参考的地方也说不定。

讲起学日文来，第一还得先对我的几位先生表示感谢，虽然我自己不好好地学，他们对于我总是有益处的。我被江南督练公所派到日本去学土木工程时已是二十二岁，英文虽然在水师学过六年，日本语却是一句不懂的。最初便到留学生会馆的补习班里去学，教师是菊池勉，后来进了法政大学的预科，给我们教日文的教员共有三位，其一是保科孝一，文学士，国语学专家，著书甚多，今尚健在，其二是大岛压之助，其三是市河三阳。保科先生是一个熟练的教师，讲书说话都很得要领，像是预备得熟透的讲义似的，可是给我们的印象总是很浅。大岛先生人很活泼，写得一手的好白话，虽然不能说，黑板上写出来作译解时却是很漂亮，教授法像是教小学生的很有步骤，可以算是一个好教员，我却觉得总和他距离得远。市河先生白话也写得好，还能够说一点，但是他总不说，初次上课时他在黑板上写道“我名市河三阳”，使得大家发笑起来。他又不像大岛那样口多微辞，对于中国时有嘲讽的口气，功课不大行又欠聪明的学生多被戏弄，他只是诚恳地教书，遇见学生弄不清楚的时候，反而似乎很为难很没有办法的样子。我对于他的功课同样地不大用心，但对于他个人特别有好感，虽然一直没有去访问过。我觉得这三位先生很可以代表日本人的几种样式，是很有意思的事，只可惜市河先生这种近于旧式的好人物的模型现今恐怕渐渐地要少下去了。

我离开预科后还在东京住了四年，却不曾再见到市河先生，民国八年及廿三年又去过两次，也不去访问，实在并无从探听他的消息。今年春天偶读永井荷风的《荷风随笔》，其第十三篇题曰“市河先生之《烬录》”，不意地找到一点材料，觉得很可喜。其文有云：

纪述震灾惨状的当时文献中我所特别珍重不置的是市河泰庵先生之《烬录》。

先生今兹已于正月为了宿痾易箦于小石川之新居。我在先生前但有书翰往复，又因平生疏懒不曾一赴邸宅问病，遂至永失接謦欬的机会了。

《烬录》一书系先生以汉文记述在饭田町的旧居游德园为灾火所袭与其家人仅以身免时的事情，分编为避难纪事，杂事片片，神主石碑，烹茶樵书等十余章，于罹灾后二年付印以分赠知人者也。卷尾记云：此稿于今兹九月十二日起草，旬日而阁笔，秋暑如毁，挥汗书之。词句拙陋杂驳，恰如出于烬中，因曰《烬录》，聊以供辱问诸君之一笑。

又云：

泰庵先生名三阳，江户时代著名书家市河米庵先生之孙，万庵先生之嗣子也，其学德才艺并不愧为名家之后，世所周知，不俟谫劣如予者之言矣。

文中引有《烬录》避难纪事一部分，今节录于下：

大正十二年九月一日，朝来小雨才霁，暑甚。将午，时予倚坐椅，待饭至，地忽大动。予徐起离褥启窗，先望库屋，意谓库去岁大加修缮，可以据焉。踌躇间震益大，见电灯摇动非常，乃仓卒旋踵至庭中。……时近闻爆音，忽又闻消防车之声，盖失火也。须臾消防车去，以为火熄，岂意乃水道坏，消火无术可施也。内子以铁叶桶盛水来，乃投盐于中连饮之，曰，桔槔倒，以手引绳而汲，故迟迟耳。予曰，荒野氏如何？曰，幸免，但对面之顷屋瓦皆坠，某头伤来乞水。予曰，何处失火？曰，齿科医学校也。予时立而四顾。……黑烟益低，火星之降者渐多，遂决意作逃计。内子曰，不携君物乎？予此时贪念全绝，忽忆及一书箧适在库外，皆曾祖父集类，乃曰，然则携此乎。内子遂挈之出，弃箧，以儿带缚之，此他虽几边一小物举不及顾。盖当时余震至剧，予若命内子入内，万一有事，恐有不堪设想者，且事急，率迫之际得脱此一函，亦足多矣。逃计既定，虑门前路隘有堕瓦之危，乃破庭前之篱以出。吾庭与邻园接，邻园为崖而多树，故吾庭平日眺望旷敞，知友皆羡焉。今予等縋枝排莽而下，下至半途右顾，忽见火焰，盖在吾庭之右有人家楼屋，故庭中不见火也。……至晓星小学校前，满街狼狈，有跣足者，有袜而巾者，有于板上舁笃疾者，偶有妇人盛装而趋者，红裳翩飘，素足露膝不知也。予病中不喜着裈，此时一衣一带一眼镜耳，以故徐步之间尚颇恐露丑，心中独苦笑。

想像市河先生那时的情景，我亦不禁苦笑，其时盖已在给我们教书十五年之后，据荷风说先生于昭和二年病故，则为地震后四年，即民国十六年也。

《烬录》原书惜未得见，只能转抄出这一部分，据云原本用汉文所写，荷风引用时译为和文，今又重译汉文，失真之处恐不免耳。

（一九三五年四月）

日本的衣食住

我留学日本还在民国以前，只在东京住了六年，所以对于文化云云够不上说什么认识，不过这总是一个第二故乡，有时想到或是谈及，觉得对于一部分的日本生活很有一种爱着。这里边恐怕有好些原因，重要的大约有两个，其一是个人的性分，其二可以说是思古之幽情罢。我是生长于东南水乡的人，那里民生寒苦，冬天屋内没有火气，冷风可以直吹进被窝来，吃的通年不是很咸的腌菜也是很咸的腌鱼，有了这种训练去过东京的下宿生活，自然是不会不合适的。我那时又是民族革命的一信徒，凡民族主义必含有复古思想在里边，我们反对清朝，觉得清以前或元以前的差不多都好，何况更早的东西。听说夏穗卿钱念劬两位先生在东京街上走路，看见店铺招牌的某文句或某字体，常指点赞叹，谓犹存唐代遗风，非现今中国所有。冈千仞著《观光纪游》中亦纪杨惺吾回国后事云："惺吾杂陈在东所获古写经，把玩不置曰，此犹晋时笔法，宋元以下无此真致。"这种意思在那时大抵是很普通的。我们在日本的感觉，一半是异域，一半却是古昔，而这古昔乃是健全地活在异域的，所以不是梦幻似的空假，而亦与高丽安南的优孟衣冠不相同也。

日本生活中多保存中国古俗，中国人好自大者反讪笑之，可谓不察之甚。《观光纪游》卷二《苏杭游记》上，记明治甲申（一八八四）六月二十六日事云：

> 晚与杨君赴陈松泉之邀，会者为陆云孙，汪少符，文小坡。杨君每谈日东一事，满坐哄然，余不解华语，痴坐其旁。因以为我俗席地而坐，食无案桌，寝无卧床，服无衣裳之别，妇女涅齿，带广，蔽腰围等，皆为外人所讶者，而中人辫发垂地，嗜毒烟甚食色，妇女约足，人家不设厕，街巷不容车马，皆不免陋者，未可以内笑外，以彼非此。

冈氏言虽未免有悻悻之气，实际上却是说得很对的。以我浅陋所知，中国人纪述日本风俗最有理解的要算黄公度，《日本杂事诗》二卷成于光绪五年己卯，已是五十七年前了，诗也只是寻常，注很详细，更难得的是意见明达。卷下关于房屋的注云：

室皆离地尺许，以木为板，藉以莞席，入室则脱屦户外，袜而登席。无门户窗牖，以纸为屏，下承以槽，随意开阖，四面皆然，宜夏而不宜冬也。室中必有阁以度物，有床笫以列器皿陈书画。（室中留席地，以半掩以纸屏，架为小阁，以半悬挂玩器，则缘古人床笫之制而亦仍其名。）楹柱皆以木而不雕漆，昼常掩门而夜不扃钥。寝处无定所，展屏风，张帐幕，则就寝矣。每日必洒扫拂拭，洁无纤尘。

又一则云：

坐起皆席地，两膝据地，伸腰危坐，而以足承尻后，若趺坐，若蹲踞，若箕踞，皆为不恭。坐必设褥，敬客之礼有敷数重席者。有君命则设几，使者宣诏毕，亦就地坐矣。皆古礼也。因考《汉书》贾谊传，文帝不觉膝之前于席。《三国志》管宁传，坐不箕股，当膝处皆穿。《后汉书》，向栩坐板，坐积久板乃有膝踝足指之处。朱子又云，今成都学所存文翁礼殿刻石诸像，皆膝地危坐，两蹠隐然见于坐后帷裳之下。今观之东人，知古人常坐皆如此。（《日本国志》成于八年后丁亥，所记稍详略有不同，今不重引。）

这种日本式的房屋我觉得很喜欢。这却并不由于好古，上文所说的那种坐法实在有点弄不来，我只能胡坐，即不正式的趺跏，若要像管宁那样，则无论敷了几重席也坐不到十分钟就两脚麻痹了。我喜欢的还是那房子的适用，特别便于简易生活。《杂事诗》注已说明屋内铺席，其制编稻草为台，厚可二寸许，蒙草席于上，两侧加麻布黑缘，每席长六尺宽三尺，室之大小以席计数，自两席以至百席，而最普通者则为三席，四席半，六席，八席，学生所居以四席半为多。户窗取明者用格子糊以薄纸，名曰障子，可称纸窗，其他则两面裱暗色厚纸，用以间隔，名曰唐纸，可云纸屏耳。阁原名户棚，即壁橱，分上下层，可分贮被褥及衣箱杂物。床笫原名“床之间”，即壁龛而大，下宿不设此，学生租民房时可利用此地堆积书报，几乎平白地多出一席地也。四席半一室面积才八十一方尺，比维摩斗室还小十分之二，四壁萧然，下宿只供给一副茶具，自己买一张小几放在窗下，再有两三个坐褥，便可安住。坐在几前读书写字，前后左右凡有空地都可安放书卷纸张，等于一大书桌，客来遍地可坐，客六七人不算拥挤，倦时随便卧倒，不必另备沙发，深夜从壁厨取被摊开，又便即正式睡觉了。昔时常见日本学生移居，车上载行李只铺盖衣包小几或加书箱，自己手拿玻璃洋油灯在车后走而已。中国公寓住室多在方丈以上，而板床桌椅箱架之外无多余地，令人感到局促，无安闲之趣。大抵中国房屋与西洋的相同都是宜于华丽而不宜于简陋，一间房子造成，还是行百里者半九十，非是有相当的器具陈设不能算完成，日本则土木功毕，铺席糊窗，即可居住，别无一点不足，而且还觉得清疏有致。从前在日本旅行，在吉松高锅等山村住宿，坐在旅馆的朴素的一室内凭窗看山，或着浴衣躺席上，要一壶茶来吃，这比向来住过的好些洋式中国式的旅舍都要觉得舒服，简单而省费。这样房屋自然也有缺点，如《杂事诗》注所云宜夏而不宜冬，其次是容易引火，还有或者不大谨慎，因为槽上拉动的板窗木户易于偷启，而且内无扃钥，贼一入门便可各处自在游行也。

关于衣服《杂事诗》注只讲到女子的一部分，卷二云：

> 宫装皆披发垂肩，民家多古装束，七八岁时丫髻双垂，尤为可人。长，耳不环，手不钏，髻不花，足不弓鞋，皆以红珊蝴为簪。出则携蝙蝠伞。带宽咫尺，围腰二三匝，复倒卷而直垂之，若襁负者。衣袖尺许，襟广微露胸，肩脊亦不尽掩。傅粉如面然，殆《三国志》所谓丹朱坋身者耶。

又云：

> 女子亦不着裤，里有围裙，《礼》所谓中单，《汉书》所谓中裙，深藏不见足，舞者回旋偶一露

耳。五部洲惟日本不着裤，闻者惊怪。今按《说文》，袴，胫衣也。《逸雅》，袴，两股各跨别也。袴即今制，三代前固无。张萱《疑曜》曰，袴即裤，古人皆无裆，有裆起自汉昭帝时上官宫人。考《汉书》上官后传，宫人使令皆为穷袴。服虔曰，穷袴前后有裆，不得交通。是为有裆之袴所缘起。惟《史记》叙屠岸贾有置其袴中语，《战国策》亦称韩昭侯有敝袴，则似春秋战国既有之，然或者尚无裆耶。

这个问题其实本很简单。日本上古有袴，与中国西洋相同，后受唐代文化衣冠改革，由筒管袴而转为灯笼袴，终乃袴脚益大，袴裆渐低，今礼服之“袴”已几乎是裙了。平常着袴，故里衣中不复有袴类的东西，男子但用犊鼻裈，女子用围裙，就已行了，迨后民间平时可以衣而不裳，遂不复着，但用作乙种礼服，学生如上学或访老师则和服之上必须着袴也。现今所谓和服实即古时之所谓“小袖”，袖本小而底圆，今则甚深广，有如口袋，可以容手巾笺纸等，与中国和尚所穿的相似，西人称之曰 Kimono，原语云“着物”，实只是衣服总称耳。日本衣裳之制大抵根据中国而逐渐有所变革，乃成今状，盖与其房屋起居最适合，若以现今和服住洋房中，或以华服住日本房，亦不甚适也。《杂事诗》注又有一则关于鞋袜的云：

袜前分歧为二歧，一歧容拇指，一歧容众指。屐有如兀字者，两齿甚高，又有作反凹者。织蒲为苴，皆无墙有梁，梁作人字，以布緶或纫蒲系于头，必两指间夹持用力乃能行，故袜分作两歧。考《南史》虞玩之传，一屐着三十年，荚断以芒接之。古乐府，黄桑柘屐蒲子履，中央有丝两头系。知古制正如此也，附注于此。

这个木屐也是我所喜欢着的，我觉得比广东用皮条络住脚背的还要好，因为这似乎更着力可以走路。黄君说必两指间夹持用力乃能行，这大约是没有穿惯，或者因中国男子多裹脚，脚指互叠不能衔梁，衔亦无力，所以觉得不容易，其实是套着自然着力，用不着什么夹持的。去年夏间我往东京去，特地到大震灾时没有毁坏的本乡去寄寓，晚上穿了和服木屐，曳杖，往帝国大学前面一带去散步，看看旧书店和地摊，很是自在，若是穿着洋服就觉得拘束，特别是那么大热天。不过我们所能穿的也只是普通的“下驮”，即所谓反凹字形状的一种，此外名称“日和下驮”底作兀字形而不很高者，从前学生时代也曾穿过，至于那两齿甚高的“足驮”那就不敢请教了。在民国以前，东京的道路不很好，也颇有雨天变酱缸之概，足驮是雨具中的要品，现代却可以不需，不穿皮鞋的人只要有日和下驮就可应付，而且在实际上连这也少见了。

《杂事诗》注关于食物说的最少，其一云：

> 多食生冷，喜食鱼，聂而切之，便下箸矣，火熟之物亦喜寒食，寻常茶饭，萝卜竹笋而外，无长物也。近仿欧罗巴食法，或用牛羊。

又云：

> 自天武四年因浮屠教禁食兽肉，非饵病不许食。卖兽肉者隐其名曰药食，复曰山鲸。所悬望子，画牡丹者豕肉也，画丹枫落叶者鹿肉也。

讲到日本的食物，第一感到惊奇的事的确是兽肉的稀少。二十多年前我还在三田地方看见过山鲸（这是野猪的别号）的招牌，画牡丹枫叶的却已不见。虽然近时仿欧罗巴法，但肉食不能说很盛，不过已不如从前以兽肉为秽物禁而不食，肉店也在“江都八百八街”到处开着罢了。平常鸟兽的肉只是猪牛与鸡，羊肉简直没处买，鹅鸭也极不常见。平民的下饭的菜到现在仍旧还是蔬菜以及鱼介。中国学生初到日本，吃到日本饭菜那么清淡，枯槁，没有油水，一定大惊大恨，特别是在下宿或分租房间的地方。这是大可原谅的，但是我自己却不以为苦，还觉得这有别一种风趣。吾乡穷苦，人民努力日吃三顿饭，唯以腌菜臭豆腐螺蛳为菜，故不怕咸与臭，亦不嗜油若命，到日本去吃无论什么都不大成问题。有些东西可以与故乡的什么相比，有些又即是中国某处的什么，这样一想就很有意思。如味噌汁与干菜汤，金山寺味噌与豆板酱，福神渍与酱咯哒，牛蒡独活与芦笋，盐鲑与勒鲞，皆相似的食物也。又如大德寺纳豆即咸豆豉，泽庵渍即福建的黄土萝卜，蒟蒻即四川的黑豆腐，刺身即广东的鱼生，寿司（《杂事诗》作寿志）即古昔的鱼鲊，其制法见于《齐民要术》，此其间又含有文化交通的历史，不但可吃，也更可思索。家庭宴集自较丰盛，但其清淡则如故，亦仍以菜蔬鱼介为主，鸡豚在所不废，唯多用其瘦者，故亦不油腻也。近时社会上亦流行中国及西洋菜，试食之则并不佳，即有名大店亦如此，盖以日东手法调理西餐（日本昔时亦称中国为西方）难得恰好，唯在赤坂一家云“茜”者吃中餐极佳，其厨师乃来自北平云。

日本食物之又一特色为冷，确如《杂事诗》注所言。下宿供膳尚用热饭，人家则大抵只煮早饭，家人之为官吏教员公司职员工匠学生者皆裹饭而出，名曰“便当”，匣中盛饭，别一格盛菜，上者有鱼，否则梅干一二而已。傍晚归来，再煮晚饭，但中人以下之家便吃早晨所余，冬夜苦寒，乃以热苦茶淘之。中国人惯食火热的东西，有海军同学昔日为京官，吃饭恨不热，取饭锅置坐右，由锅到碗，由碗到口，迅疾如暴风雨，乃始快意，此固是极端，却亦是一好例。总之对于食物中国大概喜热恶冷，所以留学生看了“便当”恐怕无不头痛的。不过我觉得这也很好，不但是故乡有吃“冷饭头”的习惯，说得迂腐一点，也是人生的一点小训练。希望人人都有“吐斯”当晚点心，人人都有小汽车坐，固然是久远的理想，但在目前似乎刻苦的训练也是必要。日本因其工商业之发展，都会文化渐以增进，享受方面也自然提高，不过这只是表面的一部分，普通的生活还是很刻苦，此不必一定是吃冷饭，然亦不妨说是其一。中国平民生活之苦已甚矣，我所说的乃是中流的知识阶级应当学点吃苦，至少也不要太讲享受。享受并不限于吃“吐斯”之类，抽大烟娶姨太太打麻将皆是中流享乐思想的表现，此一种病真真不知道如何才救得过来，上文云云只是姑妄言之耳。

六月九日《大公报》上登载梁实秋先生的一篇论文，题曰《自信力与夸大狂》，我读了很是佩服，有关于中国的衣食住的几句话可以引用在这里。梁先生说中国文化里也有一部分是优于西洋者，解说道：

> 我觉得可说的太少，也许是从前很多，现在变少了。我想来想去只觉得中国的菜比外国的好吃，中国的长袍布鞋比外国的舒适，中国的宫室园林比外国的雅丽，此外我实在想不出有什么优于西洋的东西。

梁先生的意思似乎重在消极方面，我们却不妨当作正面来看，说中国的衣食住都有些可取的地方。本来衣食住三者是生活中最重要的部分，因其习惯与便利，发生爱好的感情，转而成为优劣的辨别，所以这里边很存着主观的成分，实在这也只能如此，要想找一根绝对平直的尺度来较量盖几乎是不可能的。固然也可以有人说，“因为西洋人吃鸡蛋，所以兄弟也吃鸡蛋。”不过在该吃之外还有好吃问题，恐怕在这一点上未必能与西洋人一定合致，那么这吃鸡蛋的兄弟对于鸡蛋也只有信而未至于爱耳。因此，改变一种生活方式很是烦难，而欲了解别种生活方式亦不是容易的事。有的事情在事实并不怎么愉快，在道理上显然看出是荒谬的，如男子拖辫，女人缠足，似乎应该不难解决了，可是也并不如此，民国成立已将四半世纪了，而辫发未绝迹于村市，士大夫中爱赏金莲步者亦不乏其人，他可知矣。谷崎润一郎近日刊行《摄阳随笔》，卷首有《阴翳礼赞》一篇，其中说漆碗盛味噌汁（以酱汁作汤，蔬类作料，如茄子萝卜海带，或用豆腐）的意义，颇多妙解，至悉归其故于有色人种，以为在爱好上与白色人种异其趣，虽未免稍多宿命观的色彩，大体却说得很有意思。中日同是黄色的蒙古人种，日本文化古来又取资中土，然而其结果乃或同或异，唐时不取太监，宋时不取缠足，明时不取八股，清时不取雅片，又何以嗜好迥殊耶。我这样说似更有阴沉的宿命观，但我固深钦日本之善于别择，一面却亦仍梦想中国能于将来荡涤此诸染污，盖此不比衣食住是基本的生活，或者其改变尚不至于绝难欤。

我对于日本文化既所知极浅，今又欲谈衣食住等的难问题，其不能说得不错，盖可知也。幸而我预先声明，这全是主观的，回忆与印象的一种杂谈，不足以知日本真的事情，只足以见我个人的意见耳。大抵非自己所有者不能深知，我尚能知故乡的民间生活，因此亦能于日本生活中由其近似而得理会，其所不知者当然甚多，若所知者非其真相而只是我的解说，那也必所在多有而无可免者也。日本与中国在文化的关系上本犹罗马之与希腊，及今乃成为东方之德法，在今日而谈日本的生活，不撒有“国难”的香料，不知有何人要看否，我亦自己怀疑。但是，我仔细思量日本今昔的生活，现在日本“非常时”的行动，我仍明确地看明白日本与中国毕竟同是亚细亚人，兴衰祸福目前虽是不同，究竟的命运还是一致，亚细亚人岂终将沦于劣种乎，念之惘然。因谈衣食住而结论至此，实在乃真是漆黑的宿命论也。

（一九三五年六月）

十竹斋的小摆设

前两天隆福寺的书贾拿来一本《十竹斋笺谱》，——看官勿惊！这当然不会是原刊本。那是海内孤本，据我所知道只有北通州的王先生藏有一部，此外则东京的田中先生也有一部，不过那已是海外。我说的是民国新刻本，全书四册，今先出第一册，卖价银四圆半，据云“初版共印二百零一部，内二十一部为赠送本，一百八十部为发售本，此为发售本第四十一部。”题叶后面有一长方框，魏建功先生手书云：

中华民国二十三年十二月板画丛刊会假通县王孝慈先生藏本翻印，编者鲁迅、西谛，画者王荣麟，雕者左万川，印者崔毓生、岳海亭，经理其事者北平荣宝斋也。纸墨良好，镌刻精工，近时少见，明鉴者知之矣。

因为原本既然那样的难得，镌刻本又是这样的精良，所以我就奋发作为百八十波尔乔亚之一，留下了这第四十一部，四块半钱记在账上再说。

唔，纸墨良好，镌刻精工，这倒都说得不假，在现今还有这样的刻工印工，北平的工艺的确还有它可以佩服的特色。卷首李克恭序中有云：

> 夫绘之与诗相为表里，昔人论诗有初终盛晚，而笺绘亦犹之。昭代自嘉隆以前笺制朴拙，至万历中年稍尚鲜华，然未盛也，至中晚而称盛矣，历天崇而愈盛矣。十竹诸笺汇古今之名迹，集艺苑之大成，化旧翻新，穷工极变，无乃太盛乎。

简单的几句话概括晚明百年间笺绘的变迁，眼前有极盛时代的若干样本，且想且看也是颇有意思的事情。但是看的人大约也必同时想到一件事，这便是序文的年月。头一篇是小引，末题“崇祯甲申新秋九龙李于坚撰”，其次是序，题曰“崇祯甲申夏上元李克恭书”。不知怎的我对于有些年号很是敏感，对于崇祯甲申特别觉得刺目，虽然崇祯十七年也是同样，不过程度却要差点。三月十九崇祯皇帝吊死煤山，我对明朝向来虽无甚好感，总觉得这收场太悲惨了，一半也为了时代近，我们自己曾受过清朝的统治，所以特有感触吧。甲申五月史可法等奉福王由崧为帝，乙酉四月清兵下扬州，史可法死，五月弘光被背去献俘了。《十竹斋笺谱》之刻就在那个时节，时为甲申六七月，地在南京，然则当正是马阮二公得意时也。前在厂甸买到明刻《萨婆多部毗尼摩得勒伽》十卷二册，系毛晋与人同校刊，末一行云："崇祯甲申仲秋虞山华严阁识"。这是同类的例。毛子晋原来是以刻书为业的，他差不多是一年到头在刻书的吧，这原不足为异，我又有几本《出三藏记集》及论部的书也都是崇祯癸未孟夏至甲申孟春所刻，可见他是陆续在办这工作。《笺谱》之刻据李于坚小引中说："曰从庄语余曰，兹不敏代耕具也，家世著书，不肩畚耜，忆昔堂上修髓之供，此日屋下生聚之瞻，于是托焉。"那么胡曰从也是以刻书为业的，而且还实在靠此为生活，其在任何年日刊刻任何图书，这也不足见怪也。本来我不怪他们，我所考虑者只是现今清流的正论耳。

崇祯甲申，岂非明之国难乎，情形严重殆不下于九一八，至乙酉而清兵下江南矣。于斯时也而刻《笺谱》，清流其谓之何？夫刻木板已"玩物丧志"矣，木板而又画图，岂不更玩而益丧欤。抑画图之中或可以有"匕首"亦说不定，若画图而至于诗笺，则非真正"小摆设"而何？使明末而有批评家，十竹斋主人之罪当过于今之小品作家矣。

虽然，十竹斋本是小摆设店，北平称之曰小器作者是也，小器作制造小摆设原是常事，若兵器铺玻璃罩内陈列黄杨木雕钟进士或鼻烟壶则大费解矣。中国本是文字之邦，巧妙的说法自古有之，如门联云：

磨砺以须，笑天下头颅几许；
及锋而试，看老夫手段何如。

这是剃头铺的联，见于《楹联丛话》之流，其铺名则我想擅将北京的一家牌号移送给他，曰“尊元阁”。然而这样的例却还没有，如联语云：

打倒小摆设，切勿玩物丧志；
制作大兵仗，都来雪恨报仇。

再看这是什么店呢？原来还是一爿小器作，或题曰维新古玩铺，专收汉玉魏碑云云。

这样的例在外国却也并非没有。苏俄要人赏识中国男扮女的旧戏，这个解释不知道应该根据卢那却耳斯奇的《艺术论》还是齐如山的《国剧的学理》呢？这在中国的批评家恐怕也是同样棘手的一个问题吧。

（一九三五年六月）

入厕读书

郝懿行著《晒书堂笔录》卷四有《入厕读书》一条云：

> 旧传有妇人笃奉佛经，虽入厕时亦讽诵不辍，后得善果而竟卒于厕，传以为戒。虽出释氏教人之言，未必可信，然亦足见污秽之区，非讽诵所宜也。《归田录》载钱思公言平生好读书，坐则读经史，卧则读小说，上厕则阅小词，谢希深亦言宋公垂每走厕必挟书以往，讽诵之声琅然闻于远近。余读而笑之，入厕脱裤，手又携卷，非惟太亵，亦苦甚忙，人即笃学，何至乃尔耶。至欧公谓希深言平生所作文章多在三上，乃马上枕上厕上也，盖惟此尤可以属思尔，此语却妙，妙在亲

切不浮也。

郝君的文章写得很有意思，但是我稍有异议，因为我是颇赞成厕上看书的。小时候听祖父说，北京的跟班有一句口诀云，老爷吃饭快，小的拉矢快，跟班的话里含有一种讨便宜的意思，恐怕也是事实。一个人上厕的时间本来难以一定，但总未必很短，而且这与吃饭不同，无论时间怎么短总觉得这是白费的，想方法要来利用他一下。如吾乡老百姓上茅坑时多顺便喝一筒旱烟，或者有人在河沿石磴下淘米洗衣，或有人挑担走过，又可以高声谈话，说这米几个铜钱一升或是到什么地方去。读书，这无非是喝旱烟的意思罢了。

话虽如此，有些地方原来也只好喝旱烟，于读书是不大相宜的。上文所说浙江某处一带沿河的茅坑，是其一。从前在南京曾经寄寓在一个湖南朋友的书店里，这位朋友姓刘，我从赵伯先那边认识了他，那年有乡试，他在花牌楼附近开了一家书店，我患病住在学堂里很不舒服，他就叫我住到他那里去，替我煮药煮粥，招呼考相公卖书，暗地还要运动革命，他的精神实在是很可佩服的。我睡在柜台里面书架子的背后，吃药喝粥都在那里，可是便所却在门外，要走出店门，走过一两家门面，一块空地的墙根的垃圾堆上。到那地方去我甚以为苦，这一半固然由于生病走不动，就是在康健时也总未必愿意去的，是其二。民国八年夏我到日本日向去访友，住在一个名叫木城的山村里，那里的便所虽然同普通一样上边有屋顶，周围有板壁门窗，但是他同住房离开有十来丈远，孤立田间，晚间要提了灯笼去，下雨还得撑伞，而那里雨又似乎特别多，我住了五天总有四天是下雨，是其三。末了是北京的那种茅厕，只有一个坑两垛砖头，雨淋风吹日晒全不管。去年往定州访伏园，那里的茅厕是琉球式的，人在岸上，猪在坑中，猪咕咕地叫，不习惯的人难免要害怕，哪有工夫看什么书，是其四。《语林》云，石崇厕有绛纱帐大床，茵蓐甚丽，两婢持锦香囊，这又是太阔气了，也不适宜。其实我的意思是很简单的，只要有屋顶，有墙有窗有门，晚上可以点灯，没有电灯就点白蜡烛亦可，离住房不妨有二三十步，虽然也要用雨伞，好在北方不大下雨。如有这样的厕所，那么上厕时随意带本书去读读我想倒还是吼啥的吧。

谷崎润一郎著《摄阳随笔》中有一篇《阴翳礼赞》，第二节说到日本建筑的厕所的好处。在京都奈良的寺院里，厕所都是旧式的，阴暗而扫除清洁，设在闻得到绿叶的气味青苔的气味的草木丛中，与住房隔离，有板廊相通。蹲在这阴暗光线之中，受着微明的纸障的反射，耽于瞑想，或望着窗外院中的景色，这种感觉真是说不出的好。他又说：

我重复地说，这里须得有某种程度的阴暗，彻底的清洁，连蚊子的呻吟声也听得清楚的寂静，都是必须的条件。我很喜欢在这样的厕所里听萧萧地下着的雨声。特别在关东的厕所，靠着地板装有细长的扫出尘土的小窗，所以那从屋檐或树叶上滴下来的雨点，洗了石灯笼的脚，润了踮脚石上的苔，幽幽地沁到土里去的雨声，更能够近身地听到。实在这厕所是宜于虫声，宜于鸟声，亦复宜于月夜，要赏识四季随时的物情之最相适的地方，恐怕古来的俳人曾从此处得到过无数的题材吧。这样看来，那么说日本建筑之中最是造得风流的是厕所，也没有什么不可。

谷崎压根儿是个诗人，所以说得那么好，或者也就有点华饰，不过这也只是在文字上，意思却是不错的。日本在近古的战国时代前后，文化的保存与创造差不多全在五山的寺院里，这使得风气一变，如由工笔的院画转为水墨的枯木竹石，建筑自然也是如此，而茶室为之代表，厕之风流化正其余波也。

佛教徒似乎对于厕所向来很是讲究。偶读大小乘戒律，觉得印度先贤十分周密地注意于人生各方面，非常佩服，即以入厕一事而论，后汉译《大比丘三千威仪》下列举"至舍后者有二十五事"，宋译《萨婆多部毗尼摩得勒伽》

六自“云何下风”至“云何筹草”凡十三条，唐义净著《南海寄归内法传》二有第十八“便利之事”一章，都有详细的规定，有的是很严肃而幽默，读了忍不住五体投地。我们又看《水浒传》鲁智深做过菜头之后还可以升为净头，可见中国寺里在古时候也还是注意此事的。但是，至少在现今这总是不然了，民国十年我在西山养过半年病，住在碧云寺的十方堂里，各处走到，不见略略像样的厕所，只如在《山中杂信》五所说：

> 我的行踪近来已经推广到东边的水泉。这地方确是还好，我于每天清早没有游客的时候去徜徉一会，赏鉴那山水之美。只可惜不大干净，路上很多气味，——因为陈列着许多《本草》上的所谓人中黄。我想中国真是一个奇妙的国，在那里人们不容易得着营养料，也没有方法处置他们的排泄物。

在这种情形之下，中国寺院有普通厕所已经是大好了，想去找可以瞑想或读书的地方如何可得。出家人那么拆烂污，难怪白衣矣。

但是假如有干净的厕所，上厕时看点书却还是可以的，想作文则可不必。书也无须分好经史子集，随便看看都成。我有一个常例，便是不拿善本或难懂的书去，虽然看文法书也是寻常。据我的经验，看随笔一类最好，顶不行的是小说。至于朗诵，我们现在不读八大家文，自然可以无须了。

（一九三五年十月）

关于家训

古人的家训这一类东西我最喜欢读，因为在一切著述中这总是比较的诚实，虽然有些道学家的也会益发虚假得讨厌。我们第一记起来的总是见于《后汉书》的马援《诫兄子严敦书》，其中有云：

> 龙伯高敦厚周慎，口无择言，谦约节俭，廉公有威，吾爱之重之，愿汝曹效之。杜季良豪侠好义，忧人之忧，乐人之乐，清浊无所失，父丧致客，数郡毕至，吾爱之重之，不愿汝曹效也。效伯高不得，犹为谨敕之士，所谓刻鹄不成尚类鹜者也。效季良不得，陷为天下轻薄子，所谓画虎不成反类狗者也。

这段文章本来很有名，因为刻鹄画虎的典故流传很广，但是我觉得有意思的乃是他对于子侄的诚实的态度，他同样地爱重龙伯高杜季良，却希望他们学这个不学那个，这并不是好不好学的问题，实在是在计算利害，他怕豪侠好义的危险，这老虎就是画得像，他也是不赞成的。故下文即云："讫今季良尚未可知，郡将下车辄切齿，州郡以为言，吾常为寒心，是以不愿子孙效也。"后人或者要笑伏波将军何其胆怯也，可是他的态度总是很老实近人情，不像后世宣传家自己猴子似的安坐在洞中只叫猫儿去抓炉火里的栗子。我常想，一个人做文章，要时刻注意，这是给自己的子女去看去做的，这样写出来的无论平和或激烈，那才够得上算诚实，说话负责任。谢在杭的《五杂组》卷十三有云：

> 今人之教子读书，不过取科第耳，其于立身行己不问也。……非独今也，韩文公有道之士也，训子之诗有一为公与相，潭潭府中居之句，而俗诗之劝世者又有书中自有黄金屋等语，语愈俚而见愈陋矣。

这也可以算是老实了罢，却又要不得，殆伪善之与怙恶，亦犹过与不及欤。

陶集中《与子俨等疏》实是一篇好文章，读下去只恨其短，假如陶公肯写得长一点，成一两卷的书，那么这一定大有可观，《颜氏家训》当不能专美了。其实陶诗多说理，本来也可抵得他的一部语录，我只因为他散文又写得那么好，所以不免起了贪心，很想多得一点看看，乃有此妄念耳。《颜氏家训》成于隋初，是六朝名著之一，其见识情趣皆深厚，文章亦佳，赵敬夫作注将以教后生小子，卢抱经序称其委曲近情，纤悉周备，可谓知言。伍绍棠跋彭兆荪所编《南北朝文钞》云：

> 窃谓南北朝人所著书多以骈俪行之，亦均质雅可诵，如范蔚宗沈约之史论，刘勰《文心雕龙》，钟嵘《诗品》，郦道元《水经注》，杨衒之《洛阳伽蓝记》，斯皆篇章之珠泽，文采之邓林，诚使勒为一书，与此编相辅而行，足为词章家之圭臬。

这一番话很合我的意思，就只漏了一部《颜氏家训》。伍氏说六朝人的书用骈俪而质雅可诵，我尤赞成。韩愈文起八代之衰，其文章实乃虚骄粗犷，正与质雅相反，即《盘谷序》或《送孟东野序》也是如此。唐宋以来受了这道统文学的影响，一切都没有好事情，家训因此亦遂无什么可看的了。

从前在《涵芬楼秘笈》中得一读明霍渭崖家训，觉得通身不愉快。此人本是道学家中之蛮悍者，或无足怪，但其他儒先训迪亦是百步五十步之比。在明末清初我遇见了两个人，傅青主与冯钝吟，傅集卷二十五为《家训》，冯有《家戒》两卷，又《诫子帖》《遗言》等，收在《钝吟杂录》中。青主为明遗老中之铮铮者，通二氏之学，思想通达，非凡夫所及。钝吟虽儒家而反宋儒，不喜宋人论史及论政事文章的意见，故有时亦颇有见解能说话。《家戒》上第一节类似小引，其下半云：

> 我无行，少年不自爱，不堪为子弟之法式，然自八九岁读古圣贤之书，至今六十余年，所知不少，更历事故，往往有所悟。家有四子，每思以所知示之。少年性快，老人谆谆之言非所乐闻，不至头触屏风而睡，亦已足矣。无如之何，笔之于书，或冀有时一读，未必无益也。

我们再看《颜氏家训》的“序致第一”云：

> 夫圣贤之书教人诚孝，慎言检迹，立身扬名，亦已备矣。魏晋已来所著诸子，理重事复，递相模效，犹屋下架屋，床上施床耳。吾今所以复为此者，非敢轨物范世也，业以整齐门内，提撕子孙。夫同言而信，信其所亲，同命而行，行其所

服。禁童子之暴谑，则师友之诫不如傅婢之指挥；止凡人之斗阋，则尧舜之道不如寡妻之诲谕。吾望此书为汝曹之所信，犹贤于傅婢寡妻耳。

两相比较，颜文自有胜场，冯理却亦可取，盖颜君自信当为子孙所信，冯君则不是这样乐观，似更懂得人情物理也。陶渊明《杂诗十二首》之六云：

昔闻长者言，掩耳每不喜。
奈何五十年，忽已亲此事。

意大利诗人勒阿巴耳地（G. Leopardi）曾云，儿子与父亲决不会讲得来，因为两者年龄至少总要差二十岁。这都足以证明冯君的忧虑不是空的，“无如之何，笔之于书，或冀有时一读”，乃实为写家训的最明达勇敢的态度，其实亦即是凡从事著述者所应取的态度也。古人云，藏之名山传诸其人，原未免太宽缓一点，但急于求效，强聒不舍，至少亦是徒然。诗云：

风雨凄凄，鸡鸣喈喈。
既见君子，云胡不夷。

王瑞玉夫人在《诗问》中释曰：

故人未必冒雨来，设辞尔。

钝吟居士之意或亦如此，此正使人觉得可以佩服感叹者也。

（一九三六年一月）

辑三 北平的春天

安徒生的四篇童话

我和安徒生（H. C. Andersen）的确可以说是久违了。整三十年前我初买到他的小说《即兴诗人》，随后又得到一两本童话，可是并不能了解他，一直到了一九〇九年在东京旧书店买了丹麦波耶生的《北欧文学论集》和勃阑特思的论文集（英译名《十九世纪名人论》）来，读过里边论安徒生的文章，这才眼孔开了，能够懂得并喜欢他的童话。后来收集童话的好些译本，其中有在安徒生生前美国出版的全集本两巨册，一八七〇年以前的童话都收在里边了，但是没有译者名字，觉得不大靠得住。一九一四年奥斯福大学出版部的克莱吉夫妇编订本，收录完备，自初作的《火绒箱》以至绝笔的《牙痛老姆》全都收入，而且次序悉照发表时代排列，译文一一依据原本改正，削繁补缺，可谓善本，得此一册也就可以满足了，虽然勃拉克斯塔特本或培因本还觉得颇喜欢，若要读一两篇时选本也更为简要。但是我虽爱安徒生童话，译却终于不敢，因为这件事实在太难了，知道自己的力量很不够，只可翻开来随意读读或对客谈谈而已，不久也就觉得可以少谈，近年来则自己读了消遣的事也久已没有了。

去年十二月三十日却忽然又买到了一小本安徒生的童话。这件事情说来话长。原来安徒生初次印行童话是在一八三五年，内系《火绒箱》《大克劳斯与小克劳斯》《豌豆上的公主》《小伊达的花》，共四篇，计六十一页。去年一九三五正是百年纪念，坎勃列治大学出版部特刊四篇新译，以为纪念，我就托书店去定购，等得寄到时已经是残年向尽了。本文系开格温（R. P. Keigwin）所译，有拉佛拉忒夫人（Gwen Raverat）所作木板画大小三十五幅，又安徒生小像两个，——这都只有两英寸高，所以觉得不好称幅。安徒生的童话前期所作似更佳，这四篇我都爱读，这回得到新译小册，又重复看了两三遍，不但是多年不见了的缘故，他亦实在自有其好处也。

译者在卷首题句，借以纪念他父母的金刚石结婚，盖结婚在一八七五，正是安徒生去世之年，到了一九三五整整的是六十年了。译者又有小引云：

回顾一百年的岁月，又记着安徒生所写童话的数目，我们便要惊异，看这最初所出的第一辑是多么代表的作品，这诗人又多么确实地一跳起来便踏定脚步。在一八三五年的早春他写信给印该曼道，“我动手写一两篇故事，讲给儿童们听的，我自己觉得很是成功。”

他所复述的故事都是那些儿时在芬岛他自己所喜欢听的，但是那四篇却各有特别显明的一种风格。在《火绒箱》里，那兵显然是安徒生自己，正因为第一篇小说的目前的成功高兴得了不得，那文章的调子是轻快的莽撞的。在《大克劳斯与小克劳斯》那快活的民间喜剧里，他的朴素性能够尽量地发现，但其效力总是健全而兴奋的。这两篇故事里金钱的确是重要的主眼，而这也正是金钱为那时贫穷的安徒生所最需要的东西。或者那时候他所要的还该加上一个公主罢。于是有那篇《豌豆上的公主》，这里有他特别的一股讽刺味，这就使得那篇小故事成为一种感受性的试验品。末了有《小伊达的花》，一篇梦幻故事，像故事里的花那么温和柔脆，在这里又显示出别一样的安徒生来，带着路易加乐尔（Lewis Carroll）的希微的预兆，——伊达帖蔼勒即是他的阿丽思列特耳。《小伊达》中满是私密的事情，很令我们想起那时代的丹麦京城是多么的偏鄙，这故事虽是一部分来自霍夫曼，但其写法却全是独创的。而且在这里，安徒生又很无心地总结起他对于异性的经验：“于是那扫烟囱的便独自跳舞，可是这倒也跳得不坏。”

关于安徒生的文体还须加以说明，因为正是这个，很招了他早期批评家的怒，可是末后却在丹麦散文的将来上发生一种强有力的影响。他在那封给印该曼的信上说，“我写童话，正如我对小孩讲一样。”这就是说，他抛弃了那种所谓文章体，改用口语上的自然的谈话的形式。后年他又写道，“那文体应该使人能够听出讲话的人的口气，所以文字应当努力去与口语相合。”这好像是一篇论广播的英文的话，安徒生实在也可以说是一个最初的广播者。他在几乎一百年前早已实行了那种言语的简单化的技术，这据说正是不列颠广播会（B. B. O.）的重要工作之一。

他在叙述上边加以种种谈话的笔法，如干脆活泼的开场，一下子抓住了听者的注意，又如常用背躬独白或插句，零碎的丹麦京城俗语，好些文法上的自由，还有那些语助辞——言语里的点头和撑肘，这在丹麦文里是与希腊文同样的很丰富的。安徒生在他的童话里那样地保持着谈话的调子，所以偶然碰见一点真的文章笔调的时候你就会大吃一惊的。他又说道，“那些童话是对儿童讲的，但大人们也可以听。”所以其言语也并不以儿童的言语为限，不过是用那一种为儿童所能理解与享受的罢了。（这是很奇异的，安徒生的言语与格林所用的相差有多么远，且不说他的诙谐趣味，这在丹麦人看来是他最为人所爱的一种特色。在英国普通以为他太是感伤的印象，也大抵都是错误的。）

现在只简略地说明安徒生的言语的技术，但是可惜，这常被湮没了，因为译者的想要修饰，于是在原著者的散文上加了好些东西，而这在原本却正是很光荣地并没有的。至于其余的话可以不说了，这里是他最初的四篇童话，自己会得表明，虽然这总使人绝望，不能把真的丹麦风味搬到英文上来。安徒生，丹麦的儿童的发见者，也是各国家的和各国语的儿童的恩人。真是幸福了，如不久以前一个法国人所说，幸福的是他们，自己以为是给儿童写作，却是一般地贡献于人类，盖他们乃是地上的君王也。

上面引用安徒生晚年所写的话，原见丹麦全集第二十七册，美国本亦译载之，系一八六八年所记，说明其写童话的先后经过者也。自叙传《我一生的童话》之第七章中也说及此事，但不详细。一九三二年英国出版《安徒生传》，托克斯微格女士（Signe Toksvig）著，盖是丹麦人而用英文著述者，第十三章关于童话第一辑叙说颇多，今不重述，但有两点可以补充。其一，《豌豆上的公主》本是民间传说，与《火绒箱》等都是从纺纱的女人和采诃布花的人听来的，但这里有一点对于伍尔夫小姐的讽刺，因为她遇见无论什么小事总是太敏感的。其二，扫烟囱的独自跳舞，因为洋娃娃苏菲拒绝了他，不肯同安徒生跳舞的据说也有其人，即是珂林家的路易丝小姐。可是这传里最有益的资料并不是这些，乃是他讲人家批评安徒生的地方。这辑童话出去之后，大杂志自然毫不理会，却有两家很加以严正地教训。传中云：

> 这是很怪的，安徒生平常总是那么苦痛地想，觉得自己老是恶意的误解与可怕的不公平之受害者，对于这两个批评却似乎不曾流过眼泪。但是我们不妨说，在全世界的文学史上，实在再也没有东西比这更是傲慢而且驴似的蠢的了。
>
> 这很值得引用。第一个批评说："虽然批评者并不反对给成人们看的童话，可是他觉得这种文学作品全然不适宜于儿童。他自然也知道儿童容易对于奇异事情感受兴趣，但是他们的读物，即使是在校外，可以单给他们娱乐的么？凡是要给儿童什么东西去读的，应该在单去娱乐他们之上

有一个较高的目的。但就事实来说，童话里不能够把自然与人类的有用知识传授给儿童们，至多只有几句格言罢了，所以这是一个问题，是否太是利少害多，因为这会把他们心里都灌满了空想了。”

批评者又列举各篇童话，承认说这的确可以使儿童听了喜欢，可是这不但不能改进他们的心，反而会有很大的害处：

“有人承认这可以改进儿童的礼仪观念么？他看这童话里说一个熟睡的公主骑在狗背上跑到兵那里，兵亲了她的嘴，后来她完全清醒了的时候告诉父母这件妙事，说是一个怪梦！”

又，“儿童的羞耻意识可以改进么？他看童话里说一个女人在她丈夫出门的时候独自同那管庙的吃酒饭？”

又，“儿童的人命价值观念可以改进么？他看那《大克劳斯与小克劳斯》里的那些杀人事件？”

至于《豌豆上的公主》，“这在批评者看去似乎不但是粗俗而且还很荒唐，因为儿童看了或者会吸收这种错误观念，以为那些贵妇人真是这么了不得的皮薄的。”

“《小伊达的花》算是比较的没有弊害，但是可惜，这里边也没有道德教训！”

那位先生于是在末尾劝这有才能的著者要记住他的崇高的职务，勿再这样浪费他的光阴。

第二个批评差不多也是同样的口调，但是着力说明这样用口语写文章之无谓，因为这总该把难懂一点的东西去给儿童，那么他们会努力去想懂得。这才是儿童们所尊重的。否则就会使得他们有机会自尊起来，随意批评事情，这于儿童是极有害的事。他劝安徒生不要这样的弄下去，但是那批评家摩耳贝克刚才印行了一本故事集，这是文章作法的模范，而且也指示出教训来，这就是在童话里也还该有的。

一世纪后苏维埃政府阻止学校里读童话，理由是说童话颂扬王子与公主。

在一百年前，这样子的批评其实是不足怪的。可怪的只是有安徒生这种天才，突然地写出破天荒的小故事，把世人吓一跳，然而安徒生自己却也并不知道。他被人家这么教训了之后，也就想回过去做他的小说，这些“劳什子”放弃了本来并不觉得可惜。大家知道欧洲的儿童发见始于卢梭，不过实在那只可算是一半，等到美国史丹来霍耳博士的儿童研究开始，这才整个完成了。十八世纪在文学上本是一个常识教训的时代，受了卢梭影响的儿童教育实在也是同一色彩，给儿童看的书里非有教训不可，这正是当然的道理。举一个极端的例，我在《缢女图考释》中引用法国戴恩的话，说王政复古时的英国人将克林威耳等人的死体挂在绞架上，大家去看，我加以解说道：

> 但是这种景象也有人并不以为可嫌恶，因为这有道德的作用，十八世纪时有些作家都如此想，有儿童文学的作者如谢五德太太（Mrs. Sherwood）便很利用绞架为教科。哲木斯在《昨日之儿童的书》（一九三三年）引论中说，他们诚实地相信，恶人的公平而且可怕的果报之恐吓，应该与棍子和药碗天天给孩子们服用，这在现代儿童心理学的泰斗听了是会很感到不安的。这恐怕是实在的，但在那时却都深信绞架的价值，所以也不见得一定会错。现在且举出谢五德太太所著的《费厄却耳特家》为例，两个小孩打架，费厄却耳特先生想起气是杀人媒的话，便带领他们到一个地方去，到来看时原来是一座绞架。“架上用了铁索挂着一个男子的身体，这还没有落成碎片，虽然已经挂在那里有好几年了。那身体穿了一件蓝衫，一块丝巾围着脖子，穿鞋着袜，衣服一切都还完全无缺，但是那尸体的脸是那么骇人，孩子们一看都不敢看。”这是一个杀人的凶手，绞死了示众，直到跌落成为碎片而止。费厄却耳特先生讲述他的

故事，一阵风吹来摇动绞架上的死人，锁索悉索作响，孩子们吓得要死，费厄却耳特先生还要继续讲这故事，于是圆满结局，两个小孩跪下祷告，请求改心。

这样看来，安徒生的做法确是违反文学正宗的定律的了。可是正宗派虽反对，而儿童却是喜欢听。浪漫主义起来，独创的美的作品被重视了，儿童学成立，童话的认识更明确了，于是出现了新的看法，正宗的批评家反被称为驴似的蠢了。但是，那些批评在中国倒是不会被嫌憎的，因为正宗派在中国始终是占着势力，现今还是大家主张读经读古文，要给儿童有用的教训或难懂的主义，这与那两个批评是大半相合的。在世界也是思想的轮回，宗教与科学，权威与知识，有如冬夏昼夜之迭代，中国则是一个长夜，至少也是光明微少而黑暗长远。安徒生在西洋的运命将来不知如何，若在中国之不大能站得住脚盖可知矣，今写此文以纪念其四篇亦正是必要也。

（一九三六年一月）

螟蛉与萤火

中国人拙于观察自然，往往喜欢去把他和人事连接在一起。最显著的例，第一是儒教化，如乌反哺，羔羊跪乳，或枭食母，都一一加以伦理的解说。第二是道教化，如桑虫化为果蠃，腐草化为萤，这恰似“仙人变形”，与六道轮回又自不同。李元著《蠕范》卷二有“物化”一篇，专记这些奇奇怪怪的变化，其序言云：

> 天地一化境也，万物一化机也。唯物之化，忽失其故，无情而有，有情而无，未不虞来，既不追往，各忽忽不自知而相消长也。

话说得很玄妙，觉得不大了然，但是大家一般似乎都承认物化，普通过继异姓子女就称为螟蛉子，可见通行得久远了。关于腐草为萤也听见过这故事，云有人应考作赋以此为题，向友人求材料，或戏语之云，青青河畔草，君子之德风，小人之德草，囊萤照读，皆是。此人即写道：昔年河畔，曾叨君子之风；今日囊中，复照圣人之典。遂以此考取第一云。读书人从前大抵都知道这件故事，因为这是文章作法上的一条实例，至于老百姓则相信牛粪变萤火，或者因乡间无腐草故转变为性质相似的牛粪亦未可知，其实盖见牛粪左近多为“火萤虫”所聚集故耳。

自然科学在中国向不发达，我恐怕在“广学会”来开始工作以前，中国就不曾有过独立的植物或动物学。这在从前只附属于别的东西，一是经部的《诗经》与《尔雅》，二是史部的地志，三是子部的农与医。地志与农学没有多少书，关于不是物产的草木禽虫更不大说及，结果只有《诗经》《尔雅》的注笺以及《本草》可以算是记载动植物事情的书籍。现在我们想问问关于物化他们的意见如何。《诗·小雅》“小宛”云，螟蛉有子，蜾蠃负之。注疏家向来都说蜾蠃是个老鳏夫，他硬去把桑虫的儿子抱来承继，给他接香烟。只有宋严粲的《诗缉》引了《解颐新语》，辨正旧说，云蜾蠃自有细卵如粟，寄螟蛉之身以养之，非螟蛉所化，而后之说诗者却都不接受，毛晋在《毛诗陆疏广要》卷下之下历举诸说后作断语云：

若细腰土蜂借他虫咒为己子，古今无异，陶

隐居异其说，范处义附之，不知破窠见有卵如粟及死虫，盖变与未变耳。

此语殊支离，然以后似竟无人能识其误，即较多新意见的姚际恒方玉润亦均遵循旧说，其他不必说了。《本草纲目》卷三十九虫部蠮螉下，首列陶弘景说，韩保升寇宗奭赞成，李含光苏颂反对，李时珍结论亦以陶说为正，可以说多数通过了，即此可知医家中似比儒生更多明白人。《尔雅》释虫，蜾蠃蒲卢，螟蛉桑虫。这显然是在释诗，注《尔雅》的自然也都是这种说法，邢昺《疏》陆佃《埤雅》皆是，唯罗愿《尔雅翼》卷二十六云：

案陶氏之说实当物理，……然诗之本旨自不如此，而笺疏及扬子云之说疏矣。

想对于陶隐君的“造诗者未审”这句话加以辨解，本可不必，但他知道陶说之合于物理，可谓有识。邵晋涵的《尔雅正义》刻于乾隆戊申（一七八八），他的意见却比罗端良更旧。卷十六引郑笺陆疏陶弘景苏颂及《法言》各说后云：

扬雄所说，即诗教诲尔子式谷似之之义，合诸《庄子》《淮南》，则知化生之说不可易矣。

这里我们就得特别提出郝懿行的《尔雅义疏》来。郝氏《晒书堂文集》卷二有一篇“与孙渊如观察书”，时为嘉庆戊辰，正是戊申的二十年后，中有一节云：

> 《尔雅正义》一书足称该博，犹未及乎研精，至其下卷尤多影响。懿行不揆梼昧，创为《略义》，不欲上掩前贤，又不欲如刘光伯之规杜过，用是自成一书，不相因袭，性喜简略，故名之《尔雅略义》（案即《义疏》原名）。尝论孔门多识之学殆成绝响，唯陆元恪之《毛诗疏》，剖析精微，可谓空前绝后。盖以故训之伦无难钩稽搜讨，乃至虫鱼之注，非夫耳闻目验，未容置喙其间，牛头马髀，强相附会，作者之体又宜舍诸。少爱山泽，流观鱼鸟，旁涉夭条，靡不覃研钻极，积岁经年，故尝自谓《尔雅》下卷之疏几欲追踪元恪。陆农师之《埤雅》，罗端良之翼雅，盖不足言。

这里批评《正义》固然很对，就是自述也确实不是夸口，盖其讲虫鱼多依据耳闻目验，如常引用民间知识及俗名，在别家笺注中殆不可得。邵氏自序中亦夸说云：“草木虫鱼鸟兽之名，古今异称，后人辑为专书，语多皮傅，今就灼知傅实者，详其形状之殊，辨其沿袭之误。”这与乾隆辛卯（一七七一）刻《毛诗名物图说》中徐鼎自序所云，“凡钓叟村农，樵夫猎户，下至舆台皂隶，有所闻必加试验而后图写”，正是一样，然而成绩都不能相副，徐氏图不工而说亦陈旧，邵氏虫鱼之注仍多“影响”，可见实验之不易谈也。《尔雅义疏》下之三关于果蠃赞成陶隐居之说，案语云：

> 牟应震为余言，尝破蜂房视之，一如陶说，乃知古人察物未精，妄有测量。又言其中亦有小蜘蛛，则不必尽取桑虫。诗人偶尔兴物，说者自不察耳。

虽然仍为作诗者开脱，却比《尔雅翼》说得更有情理，盖古代诗人虽然看错自可原谅，后世为名物之学者犹茫然不知，或更悍然回护旧说，那就很有点讲不过去了。

《尔雅》，荧火即炤。郭注，夜飞，腹下有火。郭景纯在这里没有说到他的前身和变化，后来的人却总不能忘记《月令》的“季夏之月腐草为萤”这句话，拿来差不多当作唯一的注脚。邢《疏》，陆《新义》及《埤雅》，罗《尔雅翼》，都是如此。邵《正义》不必说了，就是王引之的《广雅疏证》也难免这样。更可注意的是本草家，这一回他们也跳不出圈子了。《本草纲目》四十一引陶弘景曰：

此是腐草及烂竹根所化。初时如蛹，腹下已有光，数日变而能飞。

李时珍则详说之曰：

萤有三种。一种小而宵飞，腹下光明，乃茅根所化也。《吕氏月令》所谓腐草化为萤者是也。一种长如蛆蠋，尾后有光，无翼不飞，乃竹根所化也，一名蠲，俗名萤蛆，《明堂月令》所谓腐草化为蠲者是也，其名宵行，茅竹之根夜视有光，复感湿热之气，遂变化成形尔。一种水萤，居水中，唐李子卿《水萤赋》所谓彼何为而化草，此何为而居泉，是也。

我们再查《尔雅义疏》，则曰：

陶说非也。今验萤火有二种，一种飞者形小头赤，一种无翼，形似大蛆，灰黑色，而腹下火光大于飞者，乃《诗》所谓宵行，《尔雅》之即炤亦当兼此二种，但说者止见飞萤耳。又说茅竹之根夜皆有光，复感湿热之气，遂化成形，亦不必然。盖萤本卵生，今年放萤火于屋内，明年夏细萤点点生光矣。

此是何等见识，虽然实在也只是常识，但是千百年来没有人能见到，则自不愧称为研精耳。不过下文又云：

> 《夏小正》云，丹鸟羞白鸟。丹鸟谓丹良，白鸟谓蚊蚋。《月令疏》引皇侃说，丹良是萤[①]火也。

于此别无辨解，盖对于《夏小正》文不发生疑问。《本草纲目》四十一“蚊子”下，李时珍曰，“萤火蝙蝠食之”，意亦相同。罗愿却早有异议提出，《尔雅翼》二十六“蚊”下云：

> 《夏小正》云，丹鸟羞白鸟。丹鸟萤也，白鸟蚊也。谓萤以蚊为羞粮，则未知其审也。

二十七“萤”下又云：

> 《夏小正》曰，丹鸟羞白鸟。此言萤食蚊蚋。又今人言，赴灯之蛾以萤为雌，故误赴火而死。然萤小物耳，乃以蛾为雄，以蚊为粮，皆未可轻信。

---

①“萤”原作“荧”。

此亦凭常识即可明了，郝君惜未虑及，正如《义疏》在螟螣蟊贼节下仍信“螽子遇旱还为螽，遇水即为鱼”，不免是千虑之一失耳。

（一九三六年一月）

买墨小记

我的买墨是压根儿不足道的。不但不曾见过邵格之，连吴天章也都没有，怎么够得上说墨，我只是买一点儿来用用罢了。我写字多用毛笔，这也是我落伍之一，但是习惯了不能改，只好就用下去，而毛笔非墨不可，又只得买墨。本来墨汁是最便也最经济的，可是胶太重，不知道用的什么烟，难保没有“化学”的东西，写在纸上常要发青，写稿不打紧，想要稍保存的就很不合适了。买一锭半两的旧墨，磨来磨去也可以用上一个年头，古人有言，非人磨墨墨磨人，似乎感慨系之，我只引来表明墨也很禁用，并不怎么不上算而已。

买墨为的是用，那么一年买一两半两就够了。这话原是不错的，事实上却不容易照办，因为多买一两块留着玩玩也是人情之常。据闲人先生在《谈用墨》中说，“油烟墨自光绪五年以前皆可用。”凌宴池先生的《清墨说略》曰，“墨至光绪二十年，或曰十五年，可谓遭亘古未有之浩劫，盖其时矿质之洋烟输入，……墨法遂不可复问。”所以从实用上说，“光绪中叶”以前的制品大抵就够我们常人之用了，实在我买的也不过光绪至道光的，去年买到几块道光乙未年的墨，整整是一百年，磨了也很细黑，觉得颇喜欢，至于乾嘉诸老还未敢请教也。这样说来，墨又有什么可玩的呢？道光以后的墨，其字画雕刻去古益远，殆无可观也已，我这里说玩玩者乃是别一方面，大概不在物而在人，亦不在工人而在主人，去墨本身已甚远而近于收藏名人之著书矣。

我的墨里最可记念的是两块“曲园先生著书之墨”，这是民廿三春间我做那首“且到寒斋吃苦茶”的打油诗的时候平伯送给我的。墨的又一面是春在堂三字，印文曰程氏掬庄，边款曰：光绪丁酉仲春鞠庄精选清烟。

其次是一块圆顶碑式的松烟墨，边款曰，鉴莹斋珍藏。正面篆文一行云，同治九年正月初吉，背文云，绩溪胡甘伯会稽赵扮叔校经之墨，分两行写，为赵手笔。赵君在《谪麟堂遗集》叙目中云，“岁在辛未，余方人都居同岁生胡甘伯寓屋”，即同治十年，至次年壬申而甘伯死矣。赵君有从弟为余表兄，乡俗亦称亲戚，余生也晚，乃不及见。小时候听祖父常骂赵益甫，与李莼客在日记所骂相似，盖诸公性情有相似处故反相克也。

近日得一半两墨，形状凡近，两面花边作木器纹，题曰，会稽扁舟子著书之墨，背曰，徽州胡开文选烟，边款云，光绪七年。扁舟子即范寅，著有《越谚》共五卷，今行于世。其《事言日记》第三册中光绪四年戊寅纪事云：

元旦，辛亥。巳初书红，试新模扁舟子著书之墨，甚坚细而佳，惟新而腻，须俟三年后用之。

盖即与此同型，唯此乃后年所制者耳。日记中又有丁丑十二月初八日条曰：

陈槐亭曰，前月朔日营务处朱懋勋方伯明亮回省言，禹庙有联系范某撰书并跋者，梅中丞见而赞之，朱方伯保举范某能造轮船，中丞嘱起稿云云，子有禹庙联乎，果能造轮船乎？应曰，皆是也。

范君用水车法以轮进舟，而需多人脚踏，其后仍改用篙橹，甲午前后曾在范君宅后河中见之，盖已与普通的“四明瓦”无异矣。

前所云一百年墨共有八锭，篆文曰，墨缘堂书画墨，背曰，蔡友石珍藏，边款云，道光乙未年汪近圣造。又一枚稍小，篆文相同，背文两行曰，一点如漆，百年如石，下云，友石清赏，边款云，道光乙未年三月。甘实庵《白下琐言》卷三云：

> 蔡友石太仆世松精鉴别，收藏尤富，归养家居，以书画自娱，与人评论娓娓不倦。所藏名人墨迹，钩摹上石，为墨缘堂帖，真信而好古矣。

此外在《金陵词钞》中见有词几首。关于蔡友石所知有限，今看见此墨却便觉得非陌生人，仿佛有一种缘分也。

货布墨五枚，形与文均如之，背文二行曰，斋谷山人属胡开文仿古，边款云，光绪癸巳年春日。此墨甚寻常，只因是刻《习苦斋画絮》的惠年所造，故记之。又有墨二枚，无文字，唯上方横行五字曰云龙旧衲制，据云亦是惠菱舫也。

又墨四锭，一面双鱼纹，中央篆书曰，大吉昌宜侯王，背作桥上望月图，题曰湖桥乡思。两侧隶书曰，故乡亲友劳相忆，丸作隃麋当尺鳞。仲仪所贻，苍珮室制。疑是谭复堂所作，案谭君曾宦游安徽，事或可能，但体制凡近，亦未敢定也。

墨缘堂墨有好几块，所以磨了来用，别的虽然较新，却舍不得磨，只是放着看看而已。从前有人说买不起古董，得货布及龟鹤齐寿钱，制作精好，可以当作小铜器看，我也曾这样做，又搜集过三五古砖，算是小石刻。这些墨原非佳品，总也可以当墨玩了，何况多是先哲乡贤的手泽，岂非很好的小古董乎。我前作《骨董小记》，今更写此，作为补遗焉。

（一九三六年二月）

北平的春天

北平的春天似乎已经开始了，虽然我还不大觉得。立春已过了十天，现在是七九六十三的起头了，布衲摊在两肩，穷人该有欣欣向荣之意。光绪甲辰即一九〇四年小除，那时我在江南水师学堂曾作一诗云：

一年倏就除，风物何凄紧。
百岁良悠悠，白日催人尽。
既不为大椿，便应如朝菌。
一死息群生，何处问灵蠢。

但是第二天除夕我又做了这样一首云：

东风三月烟花好，凉意千山云树幽。

冬最无情今归去，明朝又得及春游。

这诗是一样的不成东西，不过可以表示我总是很爱春天的。春天有什么好呢，要讲他的力量及其道德的意义，最好去查盲诗人爱罗先珂的抒情诗的演说，那篇世界语原稿是由我笔录，译本也是我写的，所以约略都还记得，但是这里誊录自然也更可不必了。春天的是官能的美，是要去直接领略的，关门歌颂一无是处，所以这里抽象的话暂且割爱。

且说我自己的关于春的经验，都是与游有相关的。古人虽说以鸟鸣春，但我觉得还是在别方面更感到春的印象，即是水与花木。迂阔地说一句，或者这正是活物的根本的缘故罢。小时候，在春天总有些出游的机会，扫墓与香市是主要的两件事，而通行只有水路，所在又多是山上野外，那么这水与花木自然就不会缺少的。香市是公众的行事，禹庙南镇香炉峰为其代表。扫墓是私家的，会稽的乌石头调马场等地方至今在我的记忆中还是一种代表的春景。庚子年三月十六日的日记云：

晨坐船出东郭门，挽纤行十里，至绕门山，今称东湖，为陶心云先生所创修，堤计长二百丈，皆植千叶桃垂柳及女贞子各树，游人颇多。又三十里至富盛埠，乘兜桥过市行三里许，越岭，约千余级。山中映山红牛郎花甚多，又有蕉藤数株，着花蔚蓝色，状如豆花，结实即刀豆也，可入药。路旁皆竹林，竹萌之出土者粗于碗口而长仅二三寸，颇为可观。忽闻有声如鸡鸣，阁阁然，山谷皆响，问之轿夫，云系雉鸡叫也。又二里许过一溪，阔数丈，水没及骭，舁者乱流而渡，水中圆石颗颗，大如鹅卵，整洁可喜。行一二里至墓所，松柏夹道，颇称闳壮。方祭时，小雨簌簌落衣袂间，幸即晴霁。下山午餐，下午开船。将进城门，忽天色如墨，雷电并作，大雨倾注，至家不息。

旧事重提，本来没有多大意思，这里只是举个例子，说明我春游的观念而已。我们本是水乡的居民，平常对于水不觉得怎么新奇，要去临流赏玩一番，可是生平与水太相习了，自有一种情分，仿佛觉得生活的美与悦乐之背景里都有水在，由水而生的草木次之，禽虫又次之。我非不喜禽虫，但他总离不了草木，不但是吃食，也实是必要的寄托，盖即使以鸟鸣春，这鸣也得在枝头或草原上才好，若是雕笼金锁，无论怎样的鸣得起劲，总使人听了索然兴尽也。

话休烦絮。到底北平的春天怎么样了呢？老实说，我住在北京和北平已将二十年，不可谓不久矣，对于春游却并无什么经验。妙峰山虽热闹，尚无暇瞻仰，清明郊游只有野哭可听耳。北平缺少水气，使春光减了成色，而气候变化稍剧，春天似不曾独立存在。如不算他是夏的头，亦不妨称为冬的尾，总之风和日暖让我们着了单袷可以随意徜徉的时候真是极少，刚觉得不冷就要热了起来了。不过这春的季候自然还是有的。第一，冬之后明明是春，且不说节气上的立春也已过了。第二，生物的发生当然是春的证据，牛山和尚诗云，春叫猫儿猫叫春，是也。人在春天却只是懒散，雅人称曰春困，这似乎是别一种表示。所以北平到底还是有他的春天，不过太慌张一点了，又欠腴润一点，叫人有时来不及尝他的味儿，有时尝了觉得稍枯燥了，虽然名字还叫作春天，但是实在就把他当作冬的尾，要不然便是夏的头，反正这两者在表面上虽差得远，实际上对于不大承认他是春天原是一样的。

我倒还是爱北平的冬天。春天总是故乡的有意思，虽然这是三四十年前的事，现在怎么样我不知道。至于冬天，就是三四十年前的故乡的冬天我也不喜欢：那些手脚生冻瘃，半夜里醒过来像是悬空挂着似的上下四旁都是冷气的感觉，很不好受，在北平的纸糊过的屋子里就不会有的。在屋里不苦寒，冬天便有一种好处，可以让人家作事：手不僵冻，不必炙砚呵笔，于我们写文章的人大有利益。北平虽几乎没有春天，我并无什么不满意，盖吾以冬读代春游之乐久矣。

（一九三六年二月）

结缘豆

范寅《越谚》卷中风俗门云：

> 结缘，各寺庙佛生日散钱与丐，送饼与人，名此。

敦崇《燕京岁时记》有“舍缘豆”一条云：

> 四月八日，都人之好善者取青黄豆数升，宣佛号而拈之，拈毕煮熟，散之市人，谓之舍缘豆，预结来世缘也。谨按《日下旧闻考》，京师僧人念佛号者辄以豆记其数，至四月八日佛诞生之辰，煮豆微撒以盐，邀人于路请食之以为结缘，今尚沿其旧也。

刘玉书《常谈》卷一云：

> 都南北多名刹，春夏之交，士女云集，寺僧之青头白面而年少者着鲜衣华屦，托朱漆盘，贮五色香花豆，蹀躞于妇女襟袖之间以献之，名曰结缘，妇女亦多嬉取者。适一僧至少妇前奉之甚殷，妇慨然大言曰，良家妇不愿与寺僧结缘。左右皆失笑，群妇赧然缩手而退。

就上边所引的话看来，这结缘的风俗在南北都有，虽然情形略有不同。小时候在会稽家中常吃到很小的小烧饼，说是结缘分来的，范啸风所说的饼就是这个。这种小烧饼与“洞里火烧”的烧饼不同，大约直径一寸高约五分，馅用椒盐，以小皋步的为最有名，平常二文钱一个，底有两个窟窿，结缘用的只有一孔，还要小得多，恐怕还不到一文钱吧。北京用豆，再加上念佛，觉得很有意思，不过二十年来不曾见过有人拿了盐煮豆沿路邀吃，也不听说浴佛日寺庙中有此种情事，或者现已废止亦未可知，至于小烧饼如何，则我因离乡里已久不能知道，据我推想或尚在分送，盖主其事者多系老太婆们，而老太婆者乃是天下之最有闲而富于保守性者也。

结缘的意义何在？大约是从佛教进来以后，中国人很看重缘，有时候还至于说得很有点神秘，几乎近于命数。

如俗语云，有缘千里来相会，无缘对面不相逢，又小说中狐鬼往来，末了必云缘尽矣，乃去。敦礼臣所云预结来世缘，即是此意。其实说得浅淡一点，或更有意思，例如唐伯虎之三笑，才是很好的缘，不必于冥冥中去找红绳缚脚也。我很喜欢佛教里的两个字，曰业曰缘，觉得颇能说明人世间的许多事情，仿佛与遗传及环境相似，却更带一点儿诗意。日本无名氏诗句云：

虫呵虫呵，难道你叫着，业便会尽了么？

这业的观念太是冷而且沉重，我平常笑禅宗和尚那么超脱，却还挂念腊月二十八，觉得生死事大也不必那么操心，可是听见知了在树上喳喳地叫，不禁心里发沉，真感得这件事恐怕非是涅槃是没有救的了。缘的意思便比较的温和得多，虽不是三笑那么圆满也总是有人情的，即使如库普林在《晚间的来客》所说，偶然在路上看见一双黑眼睛，以至梦想颠倒，究竟逃不出是春叫猫儿猫叫春的圈套，却也还好玩些。此所以人家虽怕造业而不惜作缘欤？若结缘者又买烧饼煮黄豆，逢人便邀，则更十分积极矣，我觉得很有兴趣者盖以此故也。

为什么这样的要结缘的呢？我想，这或者由于不安于孤寂的缘故吧，富贵子嗣是大众的愿望，不过这都有地方可以去求，如财神送子娘娘等处，然而此外还有一种苦痛却无法解除，即是上文所说的人生的孤寂。孔子曾说过，鸟兽不可与同群，吾非斯人之徒而谁与。人是喜群的，但他往往在人群中感到不可堪的寂寞，有如在庙会时挤在潮水般的人丛里，特别像是一片树叶，与一切绝缘而孤立着，念佛号的老公公老婆婆也不会不感到，或者比平常人还要深切吧，想用什么仪式来施行祓除，列位莫笑他们这几颗豆或小烧饼，有点近似小孩们的“办人家”，实在却是圣餐的面包蒲陶酒似的一种象征，很寄存着深重的情意呢。我们的确彼此太缺少缘分，假如可能实有多结之必要，因此我对于那些好善者着实同情，而且大有加入的意思，虽然青头白面的和尚我与刘青园同样的讨厌，觉得不必与他们去结缘，而朱漆盘中的五色香花豆盖亦本来不是献给我辈者也。

我现在去念佛拈豆，这自然是可以不必了，姑且以小文章代之耳。我写文章，平常自己怀疑，这是为什么的：为公乎，为私乎？一时也有点说不上来。钱振锽《名山小言》卷七有一节云：

> 文章有为我兼爱之不同。为我者只取我自家明白，虽无第二人解，亦何伤哉，老子古简，庄生诡诞，皆是也。兼爱者必使我一人之心共喻于天下，语不尽不止，孟子详明，墨子重复，是也。《论语》多弟子所记，故语意亦简，孔子诲人不倦，其语必不止此。或怪孔明文采不艳而过于丁

> 宁周至，陈寿以为亮所与言尽众人凡士云云，要之皆文之近于兼爱者也。诗亦有之，王孟闲适，意取含蓄，乐天讽谕，不妨尽言。

这一节话说得很好，可是想拿来应用却不很容易，我自己写文章是属于哪一派的呢？说兼爱固然够不上，为我也未必然，似乎这里有点儿缠夹，而结缘的豆乃仿佛似之，岂不奇哉。写文章本来是为自己，但他同时要一个看的对手，这就不能完全与人无关系，盖写文章即是不甘寂寞，无论怎样写得难懂意识里也总期待有第二人读，不过对于他没有过大的要求，即不必要他来做喽啰而已。煮豆微撒以盐而给人吃之，岂必要索厚偿，来生以百豆报我，但只愿有此微末情分，相见时好生看待，不至伥伥来去耳。古人往矣，身后名亦复何足道，唯留存二三佳作，使今人读之欣然有同感，斯已足矣，今人之所能留赠后人者亦止此，此均是豆也。几颗豆豆，吃过忘记未为不可，能略为记得，无论转化作何形状，都是好的，我想这恐怕是文艺的一点效力，他只是结点缘罢了。我却觉得很是满足，此外不能有所希求，而且过此也就有点不大妥当，假如想以文艺为手段去达别的目的，那又是和尚之流矣，夫求女人的爱亦自有道，何为舍正路而不由，乃托一盘豆以图之，此则深为不佞所不能赞同者耳。

（一九三六年九月）

英雄崇拜

崇拜英雄本来也是一件好事情。不过关于英雄的行为应当有两个条件，其一是他们的确是可以佩服，第二是可以做模范。关羽、岳飞在社会上很有名望，其实他们只是尽职的武将罢了，其所以特别闻名，还是因为《三国演义》与《岳传》鼓吹的关系。近来颇有人崇拜文天祥、史可法，文、史二公确是有第一项的资格了，说到模范似乎不免稍有疑问。二公的忠烈诚然可以钦佩，却教我们怎么学法？二公是在宋明亡国，不，照顾亭林说是亡天下的时候尽忠的，但是我们现今总还希望中国不会亡，希望有人有方法来救他，使他免于危亡，所以这种救亡扶危的英雄才是我们的模范，也值得崇拜。有谁是这样的英雄呢？我对于二十四史是太荒疏了，拿出吾乡金古良的《无双谱》来翻了又翻，四十人中找不到这样的一个，可怜卷末还是一篇

《正气歌》的图赞。我从别方面去找，好容易才想出一组人来，因为他们共是两个。说也好笑，他们碰巧都出在我们绍兴地方，幸亏不是在讲做文章，否则就很有使人怀疑之可能了。

他们是谁呢？说起来大家都知道，那就是越王勾践与大夫范蠡。这还是孔子晚年的事情，年代太久远了，也有点说不上来，但在古书里有一点记载，稍可依据。越为吴所败，老实地结了城下之盟，可是后来越的君臣终于报复旧仇，复兴本国。《吴越春秋》卷八里说：

> 越王念复吴仇，非一旦也，苦身劳心，夜以接日，目卧则攻之以蓼，足寒则渍之以水，冬常抱冰，夏还握火，愁心苦志，悬胆于户，出入尝之不绝口。

看他自己多么刻苦，可是对于人民却十分宽厚，能得大家的信任与敬爱，连采葛之妇也“伤越王用心之苦，乃作苦之诗”，其中有句云，尝胆不苦味如饴，不愧为古今名言，写得出坚忍的苦与乐，难怪他们能够成功。到得伐吴大得胜利，吴遣王孙雒来求和，勾践想要答应了，范蠡却断乎不可。《国语》卷二十一“越语下”写这情形道：

> 范蠡乃左提鼓，右援枹，以应使者。（这里王

孙雒说他不答应和是助天为虐，不祥。）曰，王孙子，昔吾先君固周室之不成子也，故滨于东海之陂，鼋鼍鱼鳖之与处，蛙黾之与同渚，余虽觍然而人面哉，吾犹禽兽也，又安知是谖谖者乎。使者辞反。范蠡不报于王，击鼓兴师，以随使者，至于姑苏之宫。

原则上我是并不赞成这种举动的，但看那种彻底的泼辣，也即是坚忍的一面相，不由得不低首称叹，这实在是难能可贵的事。现在我们所需要的正是这坚忍，不配说对他人，第一还是先对自己，要实行苦身劳心，能做到尝胆不苦味如饴的地步，这才有两三分的希望。像现今盛行的各色新运动，大都充满着轻躁、浮薄和虚假，这正是与坚忍相反的病，也只有相反的坚忍的一味苦药才能医得他好。

越国君臣之可以给我们做模范的还有一点，即是他们的沉默，不乱嚷，不空宣传。越国的设计据《吴越春秋》都称之曰阴谋，《国语》卷二十也记载君臣计议，大夫扶同说，“今欲有计，不宜前露其辞”，又曰，“宜损少辞，无令泄也”。他们有计划在进行，要那么秘密，这原是正当的办法，我们别无计划却老是空说，真可以说非愚则妄。或曰，本来并没有什么计划可以泄露，所以说说也无妨碍，这也似乎是一种道理罢。不过毫无实力，只图口头笔头讨便宜，以致被人将无作有，生出许多是非，白吃许多亏，岂非冤枉之至。从前有人说过，本来是一条黄狗，却在额角上自己去贴上一个王字充老虎，结果只落得多挨一顿打罢了。并非薄今人而爱古人，两相比较，越国大夫确是高出一头的，而世人乃只恭维其后半生的“曾贸易”，其犹未免为市井小儿之见乎。

（一九三六年十月）

谈笔记

近来我很想看点前人笔记。中国笔记本来多得很，从前也杂乱地看得不少，可是现在的意思稍有不同。我所想看的目下暂以近三百年为准，换句话说差不多就是清代的，本来再上溯一点上去亦无不可，不过晚明这一类的著作太多，没有资力收罗，至于现代也不包括在里边，其理由却又因为是太少，新式的杂感随笔只好算是别一项目了。看法也颇有变更，以前的看笔记可以谓是从小说引申，现在是仿佛从尺牍推广，这句话有点说得怪，事实却正如此。近年我搜集了些尺牍书，贵重难得的终于得不到外，大约有一百二十种，随便翻阅也觉得有意思，虽然写得顶好自然还只能推东坡和山谷。他们两位的尺牍实在与其题跋是一条根子的，所以题跋我也同样地喜欢看，而笔记多半——不，有些好的多是题跋的性质或态度，如东坡的

《志林》更是一个明显的实例。我把看尺牍题跋的眼光移了去看笔记，多少难免有龃龉不相入处，但也未始不是一种看法，不过结果要把好些笔记的既定价值颠倒错乱一下罢了，据《四库全书总目提要》卷一一七子部杂家类下分类解说云：

> 以立说者谓之杂学，辨证者谓之杂考，议论而兼叙述者谓之杂说，旁究物理胪陈纤琐者谓之杂品，类辑旧文涂兼众轨者谓之杂纂，合刻诸书不名一体者谓之杂编，凡六类。

又卷一四〇子部小说类下云：

> 迹其流别，凡有三派，其一叙述杂事，其一记录异闻，其一缀辑琐语也。

照着上边的分法，杂家里我所取的只是杂说一类，杂考与杂品偶或有百一可取，小说家里单取杂事，异闻虽然小时候最欢喜，现在则用不着，姑且束之高阁。这实在是我看笔记最非正宗的一点。蒲留仙的《聊斋志异》，纪晓岚的《阅微草堂笔记》五种，我承认他们是中国传奇文与志怪小说的末代贤孙，文章也写得不坏，可是现在没有他们的分。我这里所要的不是故事，只是散文小篇，是的，或者就无妨称为小品文，假如这样可以辨别得清楚，虽然我原是不赞同这名称的。姑妄言之的谈狐鬼原也不妨，只苦于世上没有多少这种高明人，中间多数即不入迷也总得相信，至于讲报应的那简直是下流与恶趣了。《广陵诗事》卷九引成安若《皖游集》云，太平寺中一豕现妇人足，弓样宛然，（其实是妇人现豕足耳，只可惜士女都未之知。）便相信逆妇变猪并非不经之谈。

我曾这样说："阮芸台本非俗物，于考据词章之学也有成就，乃喜记录此等恶滥故事，殊不可解。世上不乏妄人，编造《坐花志果》等书，灾梨祸枣，汗牛充栋，几可自成一库，则亦听之而已，雷塘庵主奈何也落此窠臼耶。"张香涛著《輶轩语》卷一中有"戒讲学误入迷途"一项云：

> 昨在省会有一士以所著书来上，将《阴骘文》《感应篇》，世俗道流所谓《九皇经》《觉世经》，与《大学》《中庸》杂糅牵引，忽言性理，忽言易道，忽言神灵果报，忽言丹鼎符箓，鄙俚拉杂有如病狂，大为人心风俗之害，当即痛诋而麾去之。明理之士急宜猛省，要知此乃俗语所谓魔道，即与二氏亦无涉也。

张君在清末学者中不能算是大人物，这一节话却很有见识，为一般读书人所不能及。我曾批评陈云伯所著善书

《莲花筏》，深惜其以聪明人而作鄙陋语，有云：

“此事殊出意外，盖我平时品评文人高下，常以相信所谓文昌与关圣，喜谈果报者为下等，以为颐道居士当不至于此也。”由此可知我对于这一类书是如何的没有好感，虽然我知道要研究士大夫的腐败思想这些都是极好的资料，但是现在无此雅兴，所以只好搁下。与这种神怪报应相反而亦为我所不要看的有专讲典章掌故的一类，如《啸亭杂录》《清秘述闻》《郎潜纪闻》等，无论人家怎么看重，认为笔记中的正宗，这都不相干，我总之是不喜欢，所以不敢请教，也并不一定是看不起，他们或者自有其用处，实在只是有点隔教，和我没有什么情分。有人要问，那么是否爱那轻松漂亮的一路呢？正如有人说我必须爱读《梅花草堂笔谈》与《幽梦影》，因为我曾经称扬过公安竟陵派的文学。其实这是未必然的。在一个月前我翻阅《复堂日记》，觉得有一件事情很有意思。日记卷三癸酉同治十二年项下有一则云：

> 《西青散记》致语幽清，有唐人说部风，所采诸诗，玄想微言，潇然可诵。以示眉叔，欢跃叹赏，固性之所近，施均父略缮缮五六纸掷去之矣。

《日记补录》（念劬庐丛刻本）光绪二年（丙子）八月初九日条下有云：

> 舆中展《西青散记》八卷，如木瓜酿，如新来禽，此味非舌阁硬饼者所知。

又十二年（丙戌）二月初四日条云:.

> 阅《西青散记》，笔墨幽玄，心光凄淡，所录诗篇颇似明季钟谭一流，而视竟陵派为有生气也。

《日记续编》光绪二十三年（丁酉）四月十九日条云：

> 《西青散记》附文略阅竟一过，嚼雪餐霞，味于无味，文章得山水之神，遇之于行墨之外，三十余年时时有故人之怀，非痂嗜也。

谭君于二十五年中四次赞扬《散记》，可知他对于此书确有一种嗜好，可是我却不敢附和。《复堂日记》中常记读小说，看他评定甲乙，其次序当是《琐蛣杂记》《夜雨秋灯录》《里乘》《客窗闲话》，《伊园谈异》似亦可入，盖谭君多着重文字方面，又不以怪异果报为非也。我看笔记也要他文字好，朴素通达便好，并不喜欢浓艳波俏，或顾影弄姿，有名士美人习气，这一点意思与复堂不同，其次则无取志异。《西青散记》的诗文的确写得不坏，论大体可以与舒白香《游山日记》相比，两者都是才人之笔，但《日记》似乎是男性的，有见识有胆力，而《散记》乃是女性的，拉上许多贺双卿的传说，很有点儿粘缠，容易流入肉麻一路去，还有许多降乩的女仙和显圣的关公，难免雅得俗起来了。《散记》中也有几节文章可以选取的，如卷一记折柳亭的饮饯，卷二记姑恶鸟以及记络纬等鸣虫的一条，又有记儿时情事一则，与沈三白的《浮生六记》卷一所说文情相近。寒斋有瓜渚草堂旧刊本《西青散记》，有时候拿出来翻阅，也颇珍重，不过感情就只是如此而已，我是不喜欢古今名士派的，故对于史梧冈未必能比张元长张心来更看得重也。

上边把各家的笔记乱说了一阵，大都是不满意的，那么到底好的有哪几家呢？这话一言难尽，但简单地说，要在文词可观之外再加思想宽大，见识明达，趣味渊雅，懂得人情物理，对于人生与自然能巨细都谈，虫鱼之微小，谣俗之琐屑，与生死大事同样地看待，却又当作家常话地说给大家听，庶乎其可矣。人心不足蛇吞象，野心与理想都难实现，我只希望能具体而微，或只得其一部分，也已可以满足了。据我近几年来的经验，觉得这个很不容易，读过的笔记本不多，较好的只有傅青主的杂记，刘继庄的《广阳杂记》，刘青园的《常谈》，郝兰皋的《晒书堂笔录》，马平泉的《朴丽子》，李登斋的《常谈丛录》，王白岩的《江州笔谈》等，此外赵云松俞理初的著作里也有可看的东西，而《四库总目》著录的顾亭林、王山史、宋牧仲、王贻上、陆扶照、刘玉衡诸人却又在其次了。这里我最觉得奇怪的是顾亭林的《日知录》，顾君的人品与学问是有定评的了，文章我看也写得很干净，那么这部举世推尊的《日知录》论理应该给我一个好印象，然而不然。我看了这书也觉得有几条是好的，有他的见识与思想，朴实可喜，看似寻常而别人无能说者，所以为佳，如卷十三中讲馆舍、街道、官树、桥梁、人聚诸篇皆是。但是我总感到他的儒教徒气，我不非薄别人做儒家或法家道家，可是不可有宗教气而变成教徒，倘若如此则只好实行作揖主义，敬鬼神而远之矣。《日知录》卷十五“火葬”条下云：

> 宋以礼教立国而不能革火葬之俗，于其亡也乃有杨琏真伽之事。

这岂不像是庙祝巫婆的话。卷十八李贽、钟惺两条很明白地表出正统派的凶相，其“朱子晚年定论”一条攻击阳明学派则较为隐藏，末一节云：

> 以一人而易天下，其流风至于百有余年之久者，古有之矣。王夷甫之清谈，王介甫之新说，其在于今则王伯安之良知是也。孟子曰，天下之生久矣，一治一乱，拨乱世反之正，岂不在于后贤乎。

又卷十九“修辞”一条攻击语录体文，末一则云：

> 自嘉靖以后人知语录之不文，于是王元美之札记，范介儒之肤语，上规子云，下法文中，虽所得有浅深之不同，然可谓知言者矣。

次条题曰“文人摹仿之病”，却劈头说道：

> 近代文章之病全在摹仿，即使逼肖古人已非极诣，况遗其神理而得其皮毛者乎。

心有所蔽，便难免自己撞着，虽然末节的话说得很对，人家看了仍要疑惑，不能相信到底诚意何在。我不想来谤毁先贤，不过举个例子说明好的笔记之不可多得罢了。我对于笔记与对于有些人认为神圣的所谓经是同样的要求，想去吸取一点滋味与养料，得到时同样地领受，得不到时也同样无所爱惜地抛在一旁了。

（一九三七年三月）

老年的书

谷崎润一郎的文章是我所喜欢读的，但这大抵只是随笔，小说除最近的《春琴抄》《芦刈》《武州公秘话》这几篇外，也就没有多读。昭和八年（一九三三）出版的《青春物语》凡八章，是谷崎前半生的自叙传，后边附有一篇《艺谈》，把文艺与演艺相提并论，觉得很有意思。其一节云：

> 我觉得自己的意见与现代的艺术观根本的不相容，对于一天一天向这边倾过去的自己，略有点觉得可怕。我想这不是动脉硬化的一种证据么，实在也不能确信其不如此。但是转侧地一想，在现代的日本几乎全无大人所读的或是老人所读的文学。日本的政治家大抵被说为缺乏文艺的素养，暗于文坛的情势，但是这在文坛方面岂不是也有几分责任

么。因为就是他们政治家也未必真是对文艺冷淡，如犬养木堂翁可以不必说了，像滨口雄幸那样无趣味似的人，据说也爱诵《碧岩录》，若槻前首相那些人则喜欢玩拙劣的汉诗，此外现居闲地的老政治家里面在读书三昧中度日的人一定也还不很少吧。不过他们所喜欢的多是汉文学，否则是日本的古典类，毫不及于现代的文学。读日本的现代文学，特别是读所谓纯文学的人，都是从十八九至三十前后的文学青年，极端地说来只是作家志望的人们而已。我看见评论家诸君的月评或文艺论使得报纸很热闹的时候，心里总是奇怪，到底除了我们同行以外的读者有几个人去读这些东西呢？在现在文坛占着高位的创作与评论，实在也单是我们同行中人做了互相读互相批评，此外还有谁来注意。目前日本国内充满着不能得到地位感觉不平的青年，因此文学志愿者的人数势必很多，有些大报也原有登载那些作品的，但是无论如何，文坛这物事是完全以年青人为对手的特别世界，从自然主义的昔日以至现在，这种情形毫无变化。虽是应该对于政治组织社会状态特殊关心的普罗作家，一旦成为文士而加入文坛，被批评家的月评所收容，那么他们的读者也与纯文学的相差不远，限于狭小的范围内，能够广大的从天下的工人农人中获得爱读者的作家真是绝少。在日本的艺术里，这也只是文学才踢蹐于这样局促的天地，演剧不必说了，就是绘画音乐也更有广泛的爱好者，这是大家所知觉的事情。只是大众文学虽为文坛的月评所疏外，却在社会各方面似乎更有广大的读者层，可是这些爱读者的大部分恐怕也都是三十岁内的男女吧。的确，大众文学里没有文学青年的臭味，又多立脚于日本的历史与传统，其中优秀的作品未始没有可以作为大人所读的文学之感，但是对于过了老境的人，能给与以精神的粮食之文学，说是能够从这里生出来，却又未能如此想。要之现时的文学是以年青人为对手的读物，便是在作者方面，他当初也就没有把四十岁以上的大人们算在他的计划中的。老实说，像我这样虽然也是在文坛的角落里占一席地的同行中人，可是看每月杂志即使别栏翻阅一下，创作栏大概总是不读，这是没有虚假的事实。盖无论在哪一时代哪一国土，爱好文学的多是青春期的人们，所以得他们来做读者实是文艺作家的本怀，那些老人们便随他去，或者本来也不要紧，但是像我这样年纪将近五十了，想起自己所写的东西除年青人以外找不到人读，未始不感到寂寞。又或者把我自己放在读者方面来看，觉得古典之外别无堪读的东西，也总感觉在现代的文学里一定有什么缺陷存在，为什么呢？

因为从青年期到老年期，时时在灯下翻看，求得慰安，当作一生的伴侣永不厌倦的书物，这才可以说是真的文学。人在修养时代固然也读书，到了老来得到闲月日，更是深深地想要有滋味的读物，这正是人情。那时候他们所想读的，是能够慰劳自己半生的辛苦，忘却老后的悔恨，或可以说是清算过去生涯，什么都就是这么样也好，世上的事情有苦有悲也都有意思，就如此给与一种安心与信仰的文学。我以前所云找出心的故乡来的文学，也就是指这个。

我把这一篇小文章译录在这里，并不是全部都想引用，虽然在文学上中的情形原来相近，谷崎所说的话也颇有意思。我现在所想说的，只是看到在缺少给大人和老人读的书物这句话，很有同意，所以抄了过来，再加添一点意思上去。文学的世界总是青年的，然而世界不单只是文学，人生也不常是青年。我见文学青年成为大人，（此语作第二义解亦任便，）主持事务则其修养（或无修养）也与旧人相差无几，盖现时没有书给大人读，正与日本相同，而旧人所读过的书大抵亦不甚高明也。日本老人有爱诵《碧岩录》者，中国信佛的恐只慕净土念真言，非信徒又安肯读二氏之书乎。不佞数年前买《揞黑豆集》，虽觉得有趣而仍不懂，所以也不能算。据我妄测，中国旧人爱读的东西大概不外三类，即香艳，道学，报应，是也。其实香艳也有好诗文，只怕俗与丑，道学也是一种思想，但忌伪与矫，唯报应则无可取。我每想像中年老年的案头供奉《感应篇》《明圣经》，消遣则《池上草堂劝戒近录》，笔墨最好的要算《坐花志果》了，这种情形能不令人短气？这里便与日本的事情不同，我觉得我们所需要的虽然也是找出心的故乡来的文学，却未必是给与安心与信仰的，而是通达人情物理，能使人增益智慧，涵养性情的一种文章。无论什么，谈了于人最有损的是不讲情理的东西，报应与道学以至香艳都不能免这个毛病，不佞无做圣贤或才子的野心，别方面不大注意，近来只找点笔记看，便感到这样的不满，我想这总比被麻醉损害了为好，虽然也已失了原来读书的乐趣。现在似乎未便以老年自居，但总之已过了中年，与青年人的兴趣有点不同了，要求别的好书看看也是应该，却极不容易。《诗经》特别是《国风》，陶诗读了也总是喜欢，但是，读书而非求之于千年前的古典不可，岂不少少觉得寂寞么？大约因为近代的时间短的缘故吧，找书真大难，现代则以二十世纪论亦只有三十七年耳。近日偶读牛空山《诗志》，见《豳风》“东山”后有批语云：

情艳之事与军人不相关，慰军人却最妙。虫鸟果蔬之事与情艳不相关，写情艳却最妙。凯旋劳军何等大关目，妙在一字不及公事。一篇悲喜离合，都从室家男女生情。开端敦彼独宿，亦在车下，隐然动劳人久旷之感。后文妇叹于室，其新孔嘉，惓惓于此三致意焉。夫人情所不能已圣人弗禁，东征之士谁无父母，岂鲜兄弟，而夫妇情艳之私尤所缱切。此诗曲体人情，无隐不透，直从三军肺腑扪摅一过，而温挚婉恻，感激动人，悦以使民，民忘其死，信非周公不能作也。

这几节话在牛空山只是读诗时感到的意思批在书眉上，可是说得极好，有情有理，一般儒生经师诗人及批评家都不能到这境地，是很难得的。我引这些话来做一个例，表示有这种见识情趣的可以有写书的资格了，只可惜他们不大肯写，而其更重要的事情是他们这种人实在也太少。供给青年看的文学书充足与否，不佞未敢妄言，若所谓大人看的书则好的实在极少，除若干古典外几于无有，然则中年老年之缺少修养又正何足怪也。

我近来想读书，却深感觉好书之不易得，所以写这篇小文，盖全是站在读者方面立场也。若云你不行，我来做，则岂敢，昨日闻有披发狂夫长跪午门外自称来做皇帝，不佞虽或自大亦何至于此乎。

（一九三七年五月）

黑眼镜

我平常不大出门，出去时在大街上总要遇见几位戴黑眼镜的女士们。这件事情本来没有什么奇怪，眼睛如有毛病，怕见亮光，那么走到太阳下去的时候戴上黑玻璃片或是墨晶的眼镜，正是当然的。不过这里少少有点疑问，觉得为什么现在患眼病的女人这样多呢，男人似乎就没有这样的多。后来小孩们告诉我，有些女士走进屋里换上一副蓝眼镜或是黄眼镜，有些在戏园电影院里也戴着黑眼镜，这才知道原是一种装饰品，与平光眼镜差不多是同样的用意。但是我想这颇有缺点，看人都是黑漆一团，是其一，而把自己的眼睛弄成黑漆一团，是其二，却也是二者之中更严重的事。大抵眼睛在女人（自然男人也是一样）脸上总是很要紧的东西吧。

《诗经》卫风“硕人”篇中形容庄姜之美云：“巧笑倩兮，美目盼兮。”朱子《集传》云：“盼，白黑分明也。”李笠翁著《闲情偶寄》声容部选姿第一，“眉眼”款下云：

> 面为一身之主，目又为一面之主。相人必先相面，人尽知之；相面必先相目，人亦尽知而未必尽穷其秘。吾谓相人之法必先相心，心得而后观其形体。形体维何？眉发口齿，耳鼻手足之类是也。心在腹中，何由得见？曰，有目在，无忧也。

又云：“目善动而黑白分明者必多聪慧，目常定而白多黑少或白少黑多者必近愚蒙。”可见此事关系非细，对于别人雾里看花还没有大妨碍，在自己的眼睛上盖上黑玻璃让人家看，大失装饰之本意矣。贺贻孙著《诗筏》中有一则云：

> 记昔年有田中丞者招余同龙仲房泛舟曲水，有妓以仲房画扇乞余题诗，余戏书云，才子花怜惜，佳人水护持。妓颇读书，问所谓水护持者，得非用飞燕随风入水翠缨结裙故事乎。余曰，非也，但将汝脂黛兰麝及汝腔套习气和身抛向水中，洗濯净尽，露出天然本色，方称佳人，是谓水护

持也。妓含笑点首。今日学诗者亦须抛向水中洗濯，露出天然本色，方可言诗人。

照这说法，黑眼镜应该抛向水中，是无问题的了。说起来虽然我怕与维持风化的人们尊意违背，我不喜欢黑眼镜，但是却不反对女人光脚露胳膊的，因为这是天然本色之故。自然的健全，人工的洁净，趣味的节制，有此三者，本色之美可以胜一切。社会上禁止赤背，我以为也该分别言之，赤背该有条件地许可，如上文所言，若是痨病鬼白面客似的耸肩成一字，肋骨根根可数，皮如火腿，则巡警应向之拱手曰，老兄尊相不佳，请披上贵衣，以维持市容。这不是说笑话，此处也有实例可援的。我于民国初年在故乡当中学教员，每天走十里路去上课，必要经过马桥，这是“话词”（意即云说书，词读作上声）的盲女们集中之处，“三品词调”的招牌相并挂着，其中以潘秀女为最有名。潘秀女于今已老矣，不是六十也总有五十了罢，当然是一位老太婆了，但即使在年青的时候她有多么漂亮谁也不知道，因为她的容貌永远是看不清的。三品词调照例是二男一女，都是瞎子，女的照例上台，仿佛是专敲洋琴的，不知为什么地位似乎特别尊严。我从前在本家亲戚家里看过好几回话词，他们三人总都戴着眼镜，至多是银边，玻璃全是黑的。我看见上坐的女人，相当的光梳头净穿衣，年纪稍轻的也搽点脂粉，却戴着一副黑眼镜在她本来看不见的眼睛上面，为的要隐藏那双瞽目，不要叫旁人看了生厌，不禁很替他们感到一种哀愁，一方面也发生一点好感，虽然以前听过好些故事说瞎子乖张或云瞎毒，虽然也知道这是营业上的方便。瞎子该戴眼镜，这岂不是与痨病鬼之须穿汗衫是同一理由么？她们戴上黑眼镜，好像是在照片上用铅笔把眼睛涂黑了一样，再也看不出本来的美，但是隐匿过了残缺的丑，也算达到了另一种的目的了。若是两只眼睛本是好好的，那就无须戴任何属性的眼镜，这本是很浅显的道理，然而事实上不能如此，则流行的迷信眯住了人们的眼睛故也。贺子翼所说本来重在说诗，黑眼镜之例原也可以移用，唯为分清界限计，今兹所谈以装饰为限，此外问题悉不牵扯焉。

（一九三七年七月）

《诗经》中的雀与鼠

小时候在书房里念《诗经》，见“厌浥行露”章有云，“谁谓雀无角，何以穿我屋”，又云：“谁谓鼠无牙，何以穿我墉。”觉得颇有趣，后来到北京才真懂得其意思，以前所知都未确实。以雀本常有之物，但在南方时所感到的，雀只是依人小鸟，如《埤雅》卷九引《雀赋》云：“头如颗蒜，目如擘椒”，很是好玩的东西，虽然知道他一名瓦雀，言其宿檐瓦间，实在却不大感觉到，因为这与室内居人仍无甚交涉也。老鼠是可憎物之一，从小就觉得讨厌他，不过这也只是他的啮木，如东坡《黠鼠赋》中云：“有鼠方啮，拊床而止之，既止复作。”无论如何，说他们穿屋穿墉，似非实在，或只是诗人比喻的话，但是在北京的人却知道这都是事实，而且是日常见到的事。麻雀在屋檐间作窠，他其实还从椽子中间挖开填塞的石灰，钻到里边去，把那屋瓦下的泥土簌簌地落在承尘上，非但听了讨厌，实在还要使得屋漏。老鼠则不很啮木，却善于掘土，往往从宅外墙根钻穴进人家里来，屋内通路亦常在墙内或地下，与南方之盘屋栋者大不相同。有这种事情在目前，再看行露之诗，便知道诗人本来不是在用什么词藻或假设，乃是老实地记其见闻。郑渔仲在《通志》的《昆虫草木略》序中云：

> 若曰"关关雎鸠，在河之洲"，不识雎鸠，则安知河洲之趣与关关之声乎？凡雁鹜之类其喙扁者则其声关关，鸡雉之类其喙锐者则其声鷕鷕，此天籁也。雎鸠之喙似凫雁，故其声如是，又得水边之趣也。《小雅》曰"呦呦鹿鸣，食野之苹"，不识鹿，则安知食草之趣与呦呦之声乎？凡牛羊之属有角无齿者则其声呦呦，驼马之属有齿无角者则其声萧萧，此亦天籁也。鹿之喙似牛羊，故其声如是，又得蒌蒿之趣也。使不识鸟兽之情状，则安知诗人关关呦呦之奥乎？若曰"有敦瓜苦，烝在栗薪"者，谓瓜苦引蔓于篱落间，而有敦然之系焉。若曰"桑之未落，其叶沃若"者，谓桑叶最茂，虽未落之时而有沃若之泽。使不识草木之精神，则安知诗人敦然沃若之奥乎？

郑氏此略二卷未能充实如其所言，但是这一节话却是说得很好，引用在这里，姑且当作有诗为证罢。

（一九三八年六月）

销夏之书

大暑中从名古屋买到一包旧书，书有三部，都是关于图画的，颇可销夏，但因此也就容易看完。其一是《集雅斋画谱》四册，原板本有六种，这是“图本丛刊”重刻本，只有“五言唐诗画谱”“木本花鸟谱”“草本花诗谱”“梅竹兰菊谱”等四卷，缺少六言七言唐诗，可是刻印均佳，四大册只要三元钱，亦大廉矣。其二是《彩画职人部类》二册，橘珉江画，风俗绘卷图画刊行会重刻。共二十八图，写百工情状，木板着色，甚为精致，阅之唯恐其尽，虽然看完不厌重看，但可惜还是只有这几页耳。其三稍为特别一点，是《和译桐阴论画》一帙四册，本田成之译，大正三年（一九一四）出版。《桐阴论画》原本原来也很容易得到，不过那多是初编罢了，若要三编全部，便多与《画学心印》在一起，于我别无用处。我不懂画，看《桐阴论画》实在只看文章而已，此外则取其注中多举出画家生卒年月或年岁，这在普通书上是极少见的。和译共有三编，价又不过一元余，得了来也可备参考。但是我立即想起的是原本错字之多，如画字往往作昼，龚芝麓还写作袭方伯呢。我翻开译本来看，果然说顾眉生袭方伯芝麓之妾，而这袭字是译作一个动词了。随后是李因的一节，译文末云：“在海宁之光禄葛，没有奇妾。”觉得文句太奇，查原文则云，“海宁葛光禄无奇妾”也，此外类例尚多。翻译可见不是易事，像我这样想利用译本不去找原书，也证明是弄巧成拙了。

（一九四〇年七月）

中秋的月亮

敦礼臣著《燕京岁时记》云：

京师之曰八月节者，即中秋也。每届中秋，府第朱门皆以月饼果品馈赠，至十五月圆时，陈瓜果于庭以供月，并祀以毛豆鸡冠花。是时也，皓魄当空，彩云初散，传杯洗盏，儿女喧哗，真所谓佳节也。惟供月时，男子多不叩拜，故京师谚曰，男不拜月，女不祭灶。

此记作于四十年前，至今风俗似无甚变更，虽民生凋敝，百物较二年前超过五倍，但中秋吃月饼恐怕还不肯放弃，至于赏月则未必有此兴趣了罢。本来举杯邀月这只是文人的雅兴，秋高气爽，月色分外光明，更觉得有意思，特别定这日为佳节，若在民间不见得有多大兴味，大抵就是算账要紧，月饼尚在其次。我回想乡间一般对于月亮的意见，觉得这与文人学者的颇不相同。普通称月曰月亮婆婆，中秋供素月饼水果及老南瓜，又凉水一碗，妇孺拜毕，以指蘸水涂目，祝曰眼目清凉。相信月中有娑婆树，中秋夜有一枝落下人间，此亦似即所谓月华，但不幸如落在人身上，必成奇疾，或头大如斗，必须斫开，乃能取出宝物也。月亮在天文中本是一种怪物，忽圆忽缺，诸多变异，潮水受他的呼唤，古人又相信其与女人生活有关。更奇的是与精神病者也有微妙的关系，拉丁文便称此病曰月光病，仿佛与日射病可以对比似的。这说法现代医家当然是不承认了，但是我还有点相信，不是说其间隔发作的类似，实在觉得月亮有其可怕的一面，患怔忡的人见了会生影响，正是可能的事罢。好多年前夜间从东城回家来，路上望见在昏黑的天上挂着一钩深黄的残月，看去很是凄惨，我想我们现代都市人尚且如此感觉，古时原始生活的人当更如何？住在岩窟之下，遇见这种情景，听着豺狼嗥叫，夜鸟飞鸣，大约没有什么好的心情，——不，即使并无这些禽兽骚扰，单是那月亮的威吓也就够了，他简直是一个妖怪，别的种种异物喜欢在月夜出现，这也只是风云之会，不过跑龙套罢了。等到月亮渐渐地圆了起来，他的形相也渐和善了，望前后的三天光景几乎是一位富翁的脸，难怪能够得到许多人的喜悦，可是总是有一股冷气，无论如何还是去不掉的。“只恐琼楼玉宇，高处不胜寒”，东坡这句词很能写出明月的精神来，向来传说的忠爱之意究竟是否寄托在内，现在不关重要，可以姑且不谈。总之我于赏月无甚趣味，赏雪赏雨也是一样，因为对于自然还是畏过于爱，自己不敢相信已能克服了自然，所以有些文明人的享乐是于我颇少缘分的。中秋的意义，在我个人看来，吃月饼之重要殆过于看月亮，而还账又过于吃月饼，然则我诚犹未免为乡人也。

（一九四〇年九月）

苏州的回忆

说是回忆，仿佛是与苏州有很深的关系，至少也总住过十年以上的样子，可是事实上却并不然。民国七八年间坐火车走过苏州，共有四次，都不曾下车，所看见的只是车站内的情形而已。去年四月因事往南京，始得顺便至苏州一游，也只有两天的停留，没有走到多少地方，所以见闻很是有限。当时江苏日报社有郭梦鸥先生以外几位陪着我们走，在那两天的报上随时都有很好的报道，后来郭先生又有一篇文章，登在第三期的《风雨谈》上，此外实在觉得更没有什么可以纪录的了。但是，从北京远迢迢地往苏州走一趟，现在也不是容易事，其时又承本地各位先生恳切招待，别转头来走开之后，再不打一声招呼，似乎也有点对不起。现在事已隔年，印象与感想都渐就着落，虽然比较地简单化了，却也可以稍得要领，记一点出来，聊以表示对于苏州的恭敬之意，至于旅人的话，谬误难免，这是要请大家见恕的了。

我旅行过的地方很少，有些只根据书上的图像，总之我看见各地方的市街与房屋，常引起一个联想，觉得东方的世界是整个的。譬如中国，日本，朝鲜，琉球，各地方的家屋，单就照片上看也罢，便会确凿地感到这里是整个的东亚。我们再看乌鲁木齐，宁古塔，昆明各地方，又同样地感觉这里的中国也是整个的。可是在这整个之中别有其微妙的变化与推移，看起来亦是很有趣味的事。以前我从北京回绍兴去，浦口下车渡过长江，就的确觉得已经到了南边，及车抵苏州站，看见月台上车厢里的人物声色，便又仿佛已入故乡境内，虽然实在还有五六百里的距离。现在通称江浙，有如古时所谓吴越或吴会，本来就是一家，杜荀鹤有几首诗说得很好，其一《送人游吴》云：

君到姑苏见，人家尽枕河。
古宫闲地少，水港小桥多。
夜市卖菱藕，春船载绮罗。
遥知未眠月，乡思在渔歌。

又一首《送友游吴越》云：

去越从吴过，吴疆与越连。

有园多种橘，无水不生莲。
夜市桥边火，春风寺外船。
此中偏重客，君去必经年。

诗固然做得好，所写事情也正确实，能写出两地相同的情景。我到苏州第一感觉的也是这一点，其实即是证实我原有的漠然的印象罢了。我们下车后，就被招待游灵岩去。先到木渎在石家饭店吃过中饭，从车站到灵岩，第二天又出城到虎丘，这都是路上风景好，比目的地还有意思，正与游兰亭的人是同一经验。我特别感觉有趣味的，乃是在木渎下了汽车，走过两条街往石家饭店去时，看见那里的小河，小船，石桥，两岸枕河的人家，觉得和绍兴一样，这是江南的寻常景色，在我江东的人看了也同样的亲近，恍如身在故乡了。又在小街上见到一爿糕店，这在家乡极是平常，但北方绝无这些糕类，好些年前曾在《卖糖》这一篇小文中附带说及，很表现出一种乡愁来，现在却忽然遇见，怎能不感到喜悦呢。只可惜匆匆走过，未及细看这柜台上蒸笼里所放着的是什么糕点，自然更不能够买了来尝了。不过就只是这样看一眼走过了，也已很是愉快，后来不久在城里几处地方，虽然不是这店里所做，好的糕饼也吃到好些，可以算是满意了。

第二天往马医科巷，据说这地名本来是蚂蚁窠巷，后来转讹，并不真是有个马医牛医住在那里，去拜访俞曲园先生的春在堂。南方式的厅堂结构原与北方不同，我在曲园前面的堂屋里徘徊良久之后，再往南去看俞先生著书的两间小屋，那时所见这些过廊，侧门，天井种种，都恍惚是曾经见过似的，又流连了一会儿，我对同行的友人说，平伯有这样好的老屋在此，何必留滞北方，我回去应当劝他南归才对。说的虽是半玩半笑的话，我的意思却是完全诚实的，只是没有为平伯打算罢了，那所大房子就是不加修理，只说点灯，装电灯固然了不得，石油没有，植物油又太贵，都无办法，故即欲为点一盏读书灯计，亦自只好仍旧蛰居于北京之古槐书屋矣。我又去拜谒章太炎先生墓，这是在锦帆路章宅的后园里，情形如郭先生文中所记，兹不重述。章宅现由省政府宣传处明处长借住，我们进去稍坐，是一座洋式的楼房，后边讲学的地方云为外国人所占用，尚未能收回，因此我们也不能进去一看，殊属遗憾。俞章两先生是清末民初的国学大师，却都别有一种特色，俞先生以经师而留心轻文学，为新文学运动之先河；章先生以儒家而兼治佛学，倡导革命，又承先启后，对于中国之学术与政治的改革至有影响，但是在晚年却又不约而同地定住苏州，这可以说是非偶然的偶然，我觉得这里很有意义，也很有意思。俞章两先生是浙西人，对于吴地很有情分，也可以算是一小部分的理由，但其重要的原因还当别有所在。由我看去，南京、上海、杭州，均各有其价值与历史，唯若欲求多有文化的空气与环境者，大约无过苏州了吧。两先生的意思或者看重这一点，也未可定。现在南京有中央大学，杭州也有浙江大学了，我以为在苏州应当有一个江苏大学，顺应其环境与空气，特别向人文科学方面发展，完成两先生之弘业大愿，为东南文化确立其根基，此亦正是丧乱中之一切要事也。

在苏州的两个早晨过得很好，都有好东西吃，虽然这说的似乎有点俗，但是事实如此，而且谈起苏州，假如不讲到这一点，我想终不免是一个罅漏。若问好东西是什么，其实我是乡下粗人，只知道是糕饼点心，到口便吞，并不曾细问种种的名号。我只记得乱吃得很不少，当初《江苏日报》或是郭先生的大文里仿佛有着记录。我常这样想，一国的历史与文化传得久远了，在生活上总会留下一点痕迹，或是华丽，或是清淡，却无不是精炼的，这并不想要夸耀什么，却是自然应有的表现。我初来北京的时候，因为没有什么好点心，曾经发过牢骚，并非真是这样贪吃，实在也只为觉得他太寒伧，枉做了五百年首都，连一些细点心都做不出，未免丢人罢了。我们第一早晨在吴苑，次日在新亚，所吃的点心都很好，是我在北京所不曾见过的，后来又托朋友在采芝斋买些干点心，预备带回去给小孩辈吃，物事不必珍贵，但也很是精炼的，这尽够使我满意而且佩服，即此亦可见苏州生活文化之一斑了。这里我特别感觉有趣味的，乃是吴苑茶社所见的情形。茶食精洁，布置简易，没有洋派气味，固已很好，而吃茶的人那么多，有的像是祖母老太太，带领家人妇子，围着方桌，悠悠地享用，看了很有意思。性急的人要说，在战时这种态度行么？我想，此刻现在，这里的人这么做是并没有什么错的。大抵中国人多受孟子思想的影响，他的态度不会得一时急变，若是因战时而面粉白糖渐渐不见了，被迫得没有点心吃，出于被动的事那是可能的。总之在苏州，至少是那时候，见了物资充裕，生活安适，由我们看惯了北方困穷的情形的人看去，实在是值得称赞与羡慕。我在苏州感觉得不很适意的也有一件事，这便是住处。据说苏州旅馆绝不容易找，我们承公家的斡旋得能在乐乡饭店住下，已经大可感谢了，可是老实说，实在不大高明。设备如何都没有关系，就只苦于太热闹，那时我听见打牌声，幸而并不在贴夹壁，更幸而没有拉胡琴唱曲的，否则次日往虎丘去时马车也将坐不稳了。就是像沧浪亭的旧房子也好，打扫几间，让不爱热闹的人可以借住，一面也省得去占忙的房间，妨碍人家的娱乐，倒正是一举两得的事吧。

在苏州只住了两天，离开苏州已将一年了，但是有些事情还清楚地记得，现在写出来几项以为纪念，希望将来还有机缘再去，或者长住些时光，对于吴语文学的发源地更加以观察与认识也。

（一九四四年三月）

希腊神话

从西文书中得来的知识，此外还有希腊神话。说也奇怪，我在学校里学过几年希腊文，近来翻译亚坡罗陀洛思的神话集，觉得这是自己的主要工作之一，可是最初之认识与理解希腊神话却是全从英文的著书来的。我到东京的那年，买得该莱的《英文学中之古典神话》，随后又得到安特路朗的两本《神话仪式与宗教》，这样便使我与神话发生了关系。当初听说要懂西洋文学须得知道一点希腊神话，所以去找一两种参考书来看，后来对于神话本身有了兴趣，便又去别方面寻找，于是在神话集这面有了亚坡罗陀洛思的原典，福克斯与洛士各人的专著，论考方面有哈理孙女士的《希腊神话论》以及宗教各书。安特路朗的则是神话之人类学派的解说，我又从这里引起对于文化人类学的趣味来的。

世间都说古希腊有美的神话，这自然是事实，只须一读就会知道，但是其所以如此又自有其理由，这说起来更有意义。古代埃及与印度也有特殊的神话，其神道多是鸟头牛首，或者是三头六臂，形状可怕，事迹亦多怪异，始终没有脱出宗教的区域，与艺术有一层的间隔。希腊的神话起源本亦相同，而逐渐转变，因为如哈理孙女士所说，希腊民族不是受祭司支配而是受诗人支配的，结果便由他们把那些都修造成为美的影像了。“这是希腊的美术家与诗人的职务，来洗除宗教中的恐怖分子，这是我们对于希腊的神话作者的最大的负债。”

我们中国人虽然以前对于希腊不曾负有这项债务，现在却该奋发去分一点过来，因为这种希腊精神即使不能起死回生，也有返老还童的力量，在欧洲文化史上显然可见。对于现今的中国，因了多年的专制与科举的重压，人心里充满着丑恶与恐怖而日就萎靡，这种一阵清风似的袚除力是不可少，也是大有益的。

我从哈理孙女士的著书得悉希腊神话的意义，实为大幸，只恨未能尽力绍介。亚坡罗陀洛思的书本文译毕，注释恐有三倍的多，至今未曾续写。此外还该有一册通俗的故事，自己不能写，翻译更是不易。劳斯博士于一九三四年著有《希腊的神与英雄与人》，他本来是古典学者，文章写得很有风趣，在一八九七年译过《新希腊小说集》，序文名曰《在希腊诸岛》，对于古旧的民间习俗颇有理解，可以算是最适任的作者了，但是我不知怎的觉得这总是基督教国人写的书，特别是在通俗的为儿童用的，这与专门书不同，未免有点不相宜，未能决心去译他，只好且放下。我并不一定以希腊的多神教为好，却总以为他的改教可惜，假如希腊能像中国日本那样，保存旧有的宗教道德，随时必要地加进些新分子，有如佛教基督教之在东方，调和地发展下去，岂不更有意思。不过已经过去的事是没有办法了，照现在的事情来说，在本国还留下些生活的传统，劫余的学问艺文在外国甚被宝重，一直研究传播下来，总是很好的了。我们想要讨教，不得不由基督教国去转手，想来未免有点别扭，但是为希腊与中国再一计量，现在得能如此也已经是可幸的事了。

（一九四四年六月）

雨的感想

今年夏秋之间北京的雨下得不太多，虽然在田地里并不旱干，城市中也不怎么苦雨，这是很好的事。北京一年间的雨量本来颇少，可是下得很有点特别，他把全年份的三分之二强在六七八月中间落了，而七月的雨又几乎要占这三个月份总数的一半。照这个情形说来，夏秋的苦雨是很难免的。在民国十三年和二十七年，院子里的雨水上了阶沿，进到西书房里去，证实了我的苦雨斋的名称，这都是在七月中下旬，那种雨势与雨声想起来也还是很讨嫌，因此对于北京的雨我没有什么好感，像今年的雨量不多，虽是小事，但在我看来自然是很可感谢的了。

不过讲到雨，也不是可以一口抹杀，以为一定是可嫌恶的。这须得分别言之，与其说时令，还不如说要看地方而定。在有些地方，雨并不可嫌恶，即使不必说是可喜。

囫囵地说一句南方，恐怕不能得要领，我想不如具体的说明，在到处有河流，满街是石板路的地方，雨是不觉得讨厌的，那里即使会涨大水，成水灾，也总不至于使人有苦雨之感。我的故乡在浙东的绍兴，便是这样的一个好例。在城里，每条路差不多有一条小河平行着，其结果是街道上桥很多，交通利用大小船只，民间饮食洗濯依赖河水，大家才有自用井，蓄雨水为饮料。河岸大抵高四五尺，下雨虽多尽可容纳，只有上游水发，而闸门淤塞，下流不通，成为水灾，但也是田野乡村多受其害，城里河水是不至于上岸的。因此住在城里的人遇见长雨，也总不必担心水会灌进屋子里来，因为雨水都流入河里，河固然不会得满，而水能一直流去，不至停住在院子或街上者，则又全是石板路的关系。我们不曾听说有下水沟渠的名称，但是石板路的构造仿佛是包含有下水计划在内的，大概石板底下都用石条架着，无论多少雨水全由石缝下，一总到河里去。人家里边的通路以及院子即所谓明堂也无不是石板，室内才用大方砖砌地，俗名曰地平。在老家里有一个长方的院子，承受南北两面楼房的雨水，即使下到四十八小时以上，也不见他停留一寸半寸的水，现在想起来觉得很是特别。秋季长雨的时候，睡在一间小楼上或是书房内，整夜的听雨声不绝，固然是一种喧嚣，却也可以说是一种萧寂，或者感觉好玩也无不可，总之不会使人忧虑的。吾家濂溪先生有一首《夜雨书窗》的诗云：

秋风扫暑尽，半夜雨淋漓。

绕屋是芭蕉，一枕万响围。

恰似钓鱼船，篷底睡觉时。

这诗里所写的不是浙东的事，但是情景大抵近似，总之说是南方的夜雨是可以的吧。在这里便很有一种情趣，觉得在书室听雨如睡钓鱼船中，倒是很好玩似的。下雨无论久暂，道路不会泥泞，院落不会积水，用不着什么忧虑，所有的唯一的忧虑只是怕漏。大雨急雨从瓦缝中倒灌而入，长雨则瓦都湿透了，可以浸润缘入，若屋顶破损，更不必说，所以雨中搬动面盆水桶，罗列满地，承接屋漏，是常见的事。民间故事说不怕老虎只怕漏，生出偷儿和老虎猴子的纠纷来，日本也有虎狼古屋漏的传说，可见此怕漏的心理分布得很是广远也。

下雨与交通不便本是很相关的，但在上边所说的地方也并不一定如此。一般交通既然多用船只，下雨时照样地可以行驶，不过篷窗不能推开，坐船的人看不到山水村庄的景色，或者未免气闷，但是闭窗坐听急雨打篷，如周濂溪所说，也未始不是有趣味的事。再说舟子，他无论遇见如何的雨和雪，总是一蓑一笠，站在后艄摇他的橹，这不要说什么诗味画趣，却是看去总毫不难看，只觉得辛劳质朴，没有车夫的那种拖泥带水之感。还有一层，雨中水行同平常一样的平稳，不会像陆行的多危险，因为河水固然一时不能骤增，即使增涨了，如俗语所云，水涨船高，别无什么害处，其唯一可能的影响乃是桥门低了，大船难以通行，若是一人两桨的小船，还是往来自如。水行的危险盖在于遇风，春夏间往往于晴明的午后陡起风暴，中小船只在河港阔大处，又值舟子缺少经验，易于失事，若是雨则一点都不要紧也。坐船以外的交通方法还有步行。雨中步行，在一般人想来总很是困难的吧，至少也不大愉快。在铺着石板路的地方，这情形略有不同。因为是石板路的缘故，既不积水，亦不泥泞，行路困难已经几乎没有，余下的事只须防湿便好，这有雨具就可济事了。从前的人出门必带钉鞋雨伞，即是为此，只要有了雨具，又有脚力，在雨中要走多少里都可随意，反正地面都是石板，城坊无须说了，就是乡村间其通行大道至少有一块石板宽的路可走，除非走入小路岔道，并没有泥泞难行的地方。本来防湿的方法最好是不怕湿，赤脚穿草鞋，无往不便利平安，可是上策总难实行，常人还只好穿上钉鞋，撑了雨伞，然后安心地走到雨中去。我有过好多回这样的在大雨中间行走，到大街里去买吃食的东西，往返就要花两小时的工夫，一点都不觉得有什么困难。最讨厌的还是夏天的阵雨，出去时大雨如注，石板上一片流水，很高的钉鞋齿踏在上边，有如低板桥一般，倒也颇有意思，可是不久云收雨散，石板上的水经太阳一晒，随即干涸，我们走回来时把钉鞋踹在石板路上嘎哴嘎哴的响，自己也觉得怪寒伧的，街头的野孩子见了又要起哄，说是旱地乌龟来了。这是夏日雨中出门的人常有的经验，或者可以说是关于钉鞋雨伞的一件顶不愉快的事情吧。

以上是我对于雨的感想，因了今年北京夏天不大下雨而引起来的。但是我所说的地方的情形也还是民国初年的事，现今一定很有变更，至少路上石板未必保存得住，大抵已改成蹩脚的马路了吧。那么雨中步行的事便有点不行了，假如河中还可以行船，屋下水沟没有闭塞，在篷底窗下可以平安地听雨，那就已经是很可喜幸的了。

（一九四四年八月）

蚯　蚓

忽然想到，草木虫鱼的题目很有意思，抛弃了有点可惜，想来续写，这时候第一想起的就是蚯蚓，或者如俗语所云是曲蟮。小时候每到秋天，在空旷的院落中，常听见一种单调的鸣声，仿佛似促织，而更为低微平缓，含有寂寞悲哀之意，民间称之曰曲蟮叹窠，倒也似乎定得颇为确当。案崔豹《古今注》云："蚯蚓一名蜿蟺，一名曲蟺，善长吟于地中，江东谓为歌女，或谓鸣砌。"由此可见蚯蚓歌吟之说古时已有，虽然事实上并不如此，乡间有俗谚其原语不尽记忆，大意云，蝼蛄叫了一世，却被曲蟮得了名声，正谓此也。

蚯蚓只是下等的虫豸，但很有光荣，见于经书。在书房里念《四书》，念到《孟子》"滕文公下"，论陈仲子处有云：

"充仲子之操，则蚓而后可者也，夫蚓上食槁壤，下饮黄泉。”这样他至少可以有被出题目做八股的机会，那时代圣贤立言的人们便要用了很好的声调与字面，大加以赞叹，这与螬同是难得的名誉。后来《大戴礼》“劝学篇”中云：“蚓无爪牙之利，筋脉之强，上食埃土，下饮黄泉，用心一也。”

又杨泉《物理论》云：“检身止欲，莫过于蚓，此志士所不及也。”此二者均即根据孟子所说，而后者又把邵武士人在《孟子正义》中所云但上食其槁壤之土，下饮其黄泉之水的事，看作理想的极廉的生活，可谓极端的佩服矣。但是现在由我们看来，蚯蚓固然仍是而且或者更是可以佩服的东西，他却并非陈仲子一流，实在乃是禹稷的一队伙里的，因为他是人类——农业社会的人类的恩人，不单是独善其身的廉士志士已也。这种事实在中国书上不曾写着，虽然上食槁壤，这一句话也已说到，但是一直没有看出其重要的意义，所以只好往外国的书里去找。英国的怀德在《色耳彭的自然史》中，于一七七七年写给巴林顿第三十五信中曾说及蚯蚓的重大工作，它掘地钻孔，把泥土弄松，使得雨水能沁入，树根能伸长，又将稻草树叶拖入土中，其最重要者则是从地下抛上无数的土块来，此即所谓曲蟮粪，是植物的好肥料。

他总结说：“土地假如没有蚯蚓，则即将成为冷，硬，缺少发酵，因此也将不毛了。”达尔文从学生时代就研究蚯蚓，他收集在一年中一方码的地面内抛上来的蚯蚓粪，计算在各田地的一定面积内的蚯蚓穴数，又估计他们拖下多少树叶到洞里去。这样辛勤地研究了大半生，于一八八一年乃发表他的大著

《由蚯蚓而起的植物性壤土之造成》，证明了地球上大部分的肥土都是由这小虫的努力而做成的。他说：

> 我们看见一大片满生草皮的平地，那时应当记住，这地面平滑所以觉得很美，此乃大半由于蚯蚓把原有的不平处所都慢慢地弄平了。想起来也觉得奇怪，这平地的表面的全部都从蚯蚓的身子里通过，而且每隔不多几年，也将再被通过。耕犁是人类发明中最为古老也最有价值之一，但是在人类尚未存在的很早以前，这地乃实在已被蚯蚓都定期地耕过了。世上尚有何种动物，像这低级的小虫似的在地球的历史上，担任着如此重要的职务者，这恐怕是个疑问吧。

蚯蚓的工作大概有三部分，即是打洞，碎土，掩埋。关于打洞，我们根据汤木孙的一篇《自然之耕地》，抄译一部分于下：

> 蚯蚓打洞到地底下深浅不一，大抵二英尺之谱。洞中多很光滑，铺着草叶。末了大都是一间稍大的房子，用叶子铺得更为舒服一点。在白天里洞门口常有一堆细石子，一块土或树叶，用以阻止蜈蚣等的侵入者，防御鸟类的啄毁，保存穴内的润湿，又

可抵当大雨点。

在松的泥土打洞的时候，蚯蚓用他身子尖的部分去钻。但泥土如是坚实，他就改用吞泥法打洞了。他的肠胃充满了泥土，回到地面上把它遗弃，成为蚯蚓粪，如在草原与打球场上所常见似的。

蚯蚓吞咽泥土，不单是为打洞，他们也吞土为的是土里所有的腐烂的植物成分，这可以供他们做食物。在洞穴已经做好之后，抛出在地上的蚯蚓粪那便是为了植物食料而吞的土了，假如粪出得很多，就可推知这里树叶比较的少用为食物，如粪的数目很少，大抵可以说蚯蚓得到了许多好叶子。在洞穴里可以找到好些吃过一半的叶子，有一回我们得到九十一片之多。

在平时白天里蚯蚓总是在洞里休息，把门关上了。在夜间他才活动起来了，在地上寻找树叶和滋养物，又或寻找配偶。打算出门去的时候，蚯蚓便头朝上地出来，在抛出蚯蚓粪的时候，自然是尾巴在上边，他能够在路上较宽的地方或是洞底里打一个转身的。

碎土的事情很是简单，吞下去的土连细石子都在胃里磨碎，成为细腻的粉，这是在蚯蚓粪可以看得出来的。掩埋可以分作两点：其一是把草叶树子拖到土里去，吃了一部分以外多腐烂了，成为植物性壤土，使得土地肥厚起来，大有益于五谷和草木。其二是从底下抛出粪土来把地面逐渐掩埋了，地平并未改变，可是底下的东西搬到了上边来，这是很好的耕田。据说在非洲西海岸的一处地方，每一方里面积每一年里有六万二千二百三十三吨的土搬到地面上来，又在二十七年中，二英尺深地面的泥土将颗粒不遗地全翻转至地上云。达尔文计算在英国平常耕地每一亩中平均有蚯蚓五万三千条，但如古旧休闲的地段其数目当增至五十万。此一亩五万三千的蚯蚓在一年中将把十吨的泥土悉自肠胃通过，再搬至地面上。在十五年中此土将遮盖地面厚至三寸，如六十年即积一英尺矣。这样说起来，蚯蚓之为物虽微小，其工作实不可不谓伟大。古人云，民以食为天，蚯蚓之功在稼穑，谓其可以与大禹或后稷相比，不亦宜欤。

末后还想说几句话，不算什么辟谣，亦只是聊替蚯蚓表明真相而已。《太平御览》九四七引郭景纯《蚯蚓赞》云："蚯蚓土精，无心之虫，交不以分，淫于阜螽，触而感物，乃无常雄。"又引刘敬叔《异苑》，云宋元嘉初有王双者，遇一女与为偶，后乃见是一青色白领蚯蚓，于时咸谓双暂同阜螽矣。案由此可知晋宋时民间相信蚯蚓无雄，与阜螽交配，这种传说后来似乎不大流行了。可是他总有一种特性，也容易被人误解，这便是雌雄同体这件事。怀德的《观察录》中昆虫部分有一节关于蚯蚓的，可以抄引过来当资料，其文云：

蚯蚓夜间出来躺在草地上，虽然把身子伸得很远，却并不离开洞穴，仍将尾巴末端留在洞内，所以略有警报就能急速地退回地下去。这样伸着身子的时候，凡是够得着的什么食物也就满足了，如草叶、稻草、树叶，这些碎片他们常拖到洞穴里去。就是在交配时，他的下半身也决不离开洞穴，所以除了住得相近互相够得着的以外，没有两个可以得有这种交际。不过因为他们都是雌雄同体的，所以不难遇见一个配偶，若是雌雄异体则此事便很是困难了。

案雌雄同体与自为雌雄本非一事，而古人多混而同之。《山海经》一“南山经”中云：“有兽焉，其状如狸而有髦，其名曰类，自为牡牝，食者不妒。”郝兰皋疏转引《异物志》云：灵猫一体，自为阴阳。又三“北山经”云，带山有鸟名曰䳜鵌，是自为牝牡，亦是一例。

而王崇庆在释义中乃评云：“鸟兽自为牝牡，皆自然之性，岂特䳜鵌也哉。”此处唯理派的解释固然很有意思，却是误解了经文，盖所谓自者非谓同类而是同体也。

郭景纯《类赞》云：“类之为兽，一体兼二，近取诸身，用不假器，窈窕是佩，不知妒忌。”说得很是明白。但是郭君虽博识，这里未免小有谬误，因为自为牝牡在事实上是不可能的，只有笑话中说说罢了，粗鄙的话现在也无须传述。《山海经》里的鸟兽我们不知道，单只就蚯蚓来说，它的性生活已由动物学者调查清楚，知道他还是二虫相交，异体受精的。瑞德女医师所著《性是什么》，书中第二章论动物间性，举水螅、蚯蚓、蛙、鸡、狗五者为例，我们可以借用讲蚯蚓的一小部分来做说明。据说蚯蚓全身约共有百五十节，在十三节有卵巢一对，在十及十一节有睾丸各两对，均在十四节分别开口，最奇特的是在九至十一节的下面左右各有二口，下为小囊，又其三二至三七节背上颜色特殊，在产卵时分泌液质作为茧壳。凡二虫相遇，首尾相反，各以其九至十三节一部分下面相就，输出精子入于对方的四小囊中，乃各分散。及卵子成熟时，背上特殊部分即分泌物质成筒形，蚯蚓乃缩身后退，筒身擦过十三四节，卵子与囊中精子均粘着其上，遂以并合成胎，蚓首缩入筒之前端，此端即封闭，及首退出后端，亦随以封固而成茧矣。以上所述因力求简要，说的很有欠明白的地方，但大抵可以明了蚯蚓生殖的情形，可知雌雄同体与自为牝牡原来并不是一件事。蚯蚓的名誉和我们本是风马牛不相及，也不必替它争辩，不过为求真实起见，不得不说明一番，目的不是写什么科学小品，而结果搬了些这一类的材料过来，虽不得已，亦是很抱歉的事也。

（一九四四年九月）

萤　火

近年多看中国旧书，因为外国书买不到，线装书也很贵，却还能入手，又卷帙轻便，躺着看时拿了不吃力，字大悦目，也较为容易懂。可是看得久了多了，不免会发生厌倦，第一是觉得单调，千年前后的人所说的话没有多大不同，有时候或者后人比前人还要胡涂点也不一定，因此第二便觉得气闷。从前看过的书，后来还想拿出来看，反复读了不厌的实在很少，大概只有《诗经》，其中也以《国风》为主，《陶渊明集》和《颜氏家训》而已。在这些时候，从书架上去找出尘土满面的外国书来消遣，也是常有的事。

前几天忽然想到关于萤火说几句闲话，可是最先记起来总是腐草化为萤以及丹鸟羞白鸟的典故，这虽然出在正经书里，也颇是新奇，却是靠不住，至少是不能通行的了。

案《礼记·月令》云：

> 季夏之月，腐草为萤。

《逸周书》“时训解”云：

> 大暑之日，腐草化为萤。腐草不化为萤，谷实鲜落。

这里说得更是严重，仿佛是事关化育，倘若至期腐草不变成萤火，便要五谷不登，大闹饥荒了。《尔雅》，萤火即炤。郭璞注，夜飞，腹下有火。这里并没有说到化生，但是后来的人总不能忘记《月令》的话，邢昺《尔雅疏》，陆佃《新义》及《埤雅》，罗愿《尔雅翼》，都是如此，邵晋涵《正义》不必说了，就是王引之《广雅疏证》也难免这样。《本草纲目》引陶弘景曰：

> 此是腐草及烂竹根所化，初时如蛹，腹下已有光，数日变而能飞。

李时珍则详说之曰：

> 萤有三种。一种小而宵飞，腹下光明，乃茅

根所化也，《吕氏月令》所谓腐草化为萤者也。一种长如蛆蠋，尾后有光，无翼不飞，乃竹根所化也。一名蠲，俗名萤蛆，《明堂月令》所谓腐草化为蠲者是也，其名宵行。茅竹之根夜视有光，复感湿热之气，遂变化成形尔。一种水萤，居水中。唐李子卿《水萤赋》所谓彼何为而化草，此何为而居泉，是也。

钱步曾《百廿虫吟》中“萤”项下自注云：

萤有金银二种。银色者早生，其体纤小，其飞迟滞，恒集于庭际花草间，乃宵行所化。金色者入夏季方有，其体丰腴，其飞迅疾，其光闪烁不定，恒集于水际茭蒲及田塍丰草间，相传为牛粪所化。盖牛食草出粪，草有融化未净者，受雨露之沾濡，变而为萤，即《月令》腐草为萤之意也。余尝见牛溲坌积处飞萤丛集，此其验矣。

又汪曰桢《湖雅》卷六“萤”下云：

按，有化生，初似蛹，名蠲，亦名萤胆，俗呼火百脚，后乃生翼能飞为萤。有卵生，今年放萤于屋内，明年夏必出细萤。

案以上诸说均主化生，唯郝懿行《尔雅义疏》反对《本草》陶李二家之说，云：

> 今验萤火有二种，一种飞者，形小头赤，一种无翼，形似大蛆，灰黑色，而腹下火光大于飞者，乃《诗》所谓宵行，《尔雅》之即炤亦当兼此二种，但说者止见飞萤耳。又说茅竹之根夜皆有光，复感湿热之气，遂化成形，亦不必然。盖萤本卵生，今年放萤火于屋内，明年夏细萤点点生光矣。

寥寥百十字，却说得确实明白，所云萤之二种实即是雌雄两性，至断定卵生尤为有识，汪谢城引用其说，乃又模棱两可，以为卵生之外别有化生，未免可笑。唯郝君亦有格致未精之处，如下文云：

> 《夏小正》，丹鸟羞白鸟。丹鸟谓丹良，白鸟谓蚊蚋。《月令疏》引皇侃说，丹良是萤火也。

罗端良在宋时却早有异议提出，《尔雅翼》卷二十七“萤”下云：

> 《夏小正》曰，丹鸟羞白鸟。此言萤食蚊蚋。

又今人言，赴灯之蛾以萤为雌，故误赴火而死。然萤小物耳，乃以蛾为雄，以蚊为粮，皆未可轻信。

从中国旧书里得来的关于萤火的知识就是这些，虽然也还不错，可是披沙拣金，殊不容易，而且到底也不怎么精确，要想知道得更多一点，只好到外国书中去找寻了。专门书本是没有，就是引用了来也总是不适合，所以这里所说也无非只是普通的，谈生物而有文学的趣味的几册小书而已。英国怀德以《色耳彭的自然史》著名于世，在这里边却未尝讲到萤火，但是《虫豸观察杂记》中有一则云：

观察两个从野间捉来放在后园的萤火，看出这些小生物在十一二点钟之间熄灭他们的灯光，以后通夜间不再发亮。雄的萤火为蜡烛光所引，飞进房间里来。

这虽是短短的一两句话，却很有意思，都是出于实验，没有一点儿虚假。怀德生于千七百二十年，即清康熙五十九年，我查考《疑年录》，发现他比戴东原大三岁，比袁子才却还要小四岁，论时代不算怎么早，可是这样有趣味的记录在中国的乾嘉诸老辈的著作中却是很不容易找到，所以这不能不说是很可珍重的了。其次法国的法勒耳，在他的大著《昆虫记》中有一篇谈萤火的文章，告诉我们好些新奇的事情。最奇怪的是关于萤火的吃食，据他说，萤火虽然不吃蚊子，所吃的东西却比蚊子还要奇特，因为这乃是樱桃大小的带壳的蜗牛。若是蜗牛走着路，那是最好了，即使停留着，将身子缩到壳里去，脚部总有一点儿露出，萤火便上前去用他嘴边的小钳子轻轻地搿上几下。这钳子其细如发，上边有一道槽，用显微镜才看得出，从这里流出毒药来，注射进蜗牛身里去，其效力与麻醉药相等。法勃耳曾试验过，他把被萤火搿过四五下的蜗牛拿来检查，显已人事不知，用针刺他也无知觉，可是并未死亡，经过昏睡两日夜之后，蜗牛便即恢复健康，行动如常了。由此可知萤火所用的乃是全身麻醉的药，正如果蠃之类用毒针麻倒桑虫蚱蜢，存起来供幼虫食用，现在不过是现麻现吃，似乎与《水浒》里的下迷子比较倒更相近。萤火的身体很小，要想吃蚊子便已不大可能，如罗端良所怀疑的，现在却来吃蜗牛，可以说是大奇事。法勃耳在《萤火》一文中云：

> 萤火并不吃，如严密的解释这字的意义。他只是饮，他喝那薄粥，这是他用了一种方法，令人想起那蛆虫来，将那蜗牛制造成功的。正如麻苍蝇的幼虫一样，他也能够先消化而后享用，他在将吃之前把那食物化成液体。

《昆虫记》中有几篇讲金苍蝇麻苍蝇的文章，从实验上说明蛆虫食肉的情形，他们吐出一种消化药，大概与高级动物的胃液相同，涂在肉上，不久肉即销融成为流质。萤火所用的也就是这种方法，他不能咬了来吃，却可以当作粥喝，据说在好几个萤火畅饮一顿之后，蜗牛只是一个空壳，什么都没有余剩了。丹鸟羞白鸟，我们知道它不合理，事实上却是萤火吃蜗牛，这自然界的怪异又是谁所料得到的呢。

法勃耳生于一八二三年，即清道光三年，与李少荃是同年的，所以还是近时人，其所发见的事知道的不很多，但即使人家都知道了萤火吃蜗牛，也不见得会使他怎么有名，本来萤火之所以为萤火的乃别有在，即是他在尾巴上点着灯火。中国名称除萤火之外还有即炤，辉夜，景天，夜光，宵烛等，都与火光有关。希腊语曰阑普利斯，意云亮尾巴，拉丁文学名沿称为阑辟利思，英法则名之为发光虫。据《昆虫记》所说，在萤火腹中的卵也已有光，从皮外看得出来，及至孵化为幼虫，不问雌雄尾巴上都点着小灯，这在郝兰皋也已经知道了。雄萤火蜕化生翼，即是形小头赤者，灯光并不加多，雌者却不蜕化，还是那大蛆的状态，可是亮光加上两节，所以腹下火光大于飞者了。这是一种什么物质，法勃耳说也并不是磷，与空气接触而发光，腹部有孔可开闭以为调节。法勃耳叙述夜中往捕幼萤，长仅五公厘，即中国尺一分半，当初看见在草叶上有亮光，但如误触树枝少有声响，光即熄灭，遂不可复见。迨及长成，便不如此，他曾在萤火笼旁放枪，了无闻知，继以喷水或喷烟，亦无甚影响，间有一二熄灯者，不久立即复燃，光明如旧。夜半以前是否熄灯，文中未曾说及，但怀德前既实验过，想亦当是确实的事。萤火的光据法勃耳说：

> 其光色白，安静，柔软，觉得仿佛是从满月落下来的一点火花。可是这虽然鲜明，照明力却颇微弱。假如拿了一个萤火在一行文字上面移动，黑暗中可以看得出一个个的字母，或者整个的字，假如这并不太长，可是这狭小的地面以外，什么也都看不见了。这样的灯光会得使读者失掉耐性的。

看到这里，我们又想起中国书里的一件故事来。《太平御览》卷九百四十五引《续晋阳秋》云：

> 车胤，字武子，好学不倦，家贫不常得油，夏月则练囊盛数十萤火，以夜继日焉。

这囊萤照读成为读书人的美谈，流传很远，大抵从唐朝以后一直传诵下来，不过与上边《昆虫记》的话比较来看，很有点可笑。说是数十萤火，烛光能有几何，即使可用，白天花了工夫去捉，却来晚上用功，岂非徒劳，而且风雨时有，也是无法。《格致镜原》卷九十六引成应元《事统》云：

> 车胤好学，常聚萤光读书，时值风雨，胤叹曰，天不遣我成其志业耶。言讫，有大萤傍书窗，比常萤数倍，读书讫即去，其来如风雨至。

这里总算替车君弥缝了一点过来，可是已经近于志异，不能以常情实事论了。这些故事都未尝不妙，却只是宜于消闲，若是真想知道一点事情的时候，便济不得事。近若干年来多读线装旧书，有时自己疑心是否已经有点中了毒，像吸大烟的一样，但是毕竟还是常感觉到不满意，可见真想做个国粹主义者实在是大不容易也。

（一九四四年十一月）

医师礼赞

宋朝的范仲淹有一句话，表示他的志愿，说不为良相则为良医。这句话很是普通，知道的人很多，但是我觉得很喜欢，也极可佩服。《史记》曾云，国乱则思良相，这本来是极重要的，如今把他同良医连在一起来说，我觉得有意思的就在这里。政治与医学，二者之间盖有相通之处，据我想来，医生未必须学政治家的做法，或者大政治家须得有医师的精神，这才真能伟大吧。我喜欢翻阅世界医学史，里边多有使我们感激奋发的事。我常想医疗或是生物的本能，如犬猫之自舐其创是也，但其发展为活人之术，无论是用法术或方剂，总之是人类文化之一特色，虽然与梃刃同是发明，而意义迥殊，中国称蚩尤作五兵，而神农尝药辨性为人皇，可以见矣。医学史上所记便多是这些仁人之用心，不过大小稍有不同，我想假如人类要找一点足以自夸的文明证据，大约只可求之于这方面吧。据史家伊略脱斯密士在《世界之初》中说，创始耕种灌溉的人成为最初的王，在他死后便被尊崇为最初的神，还附有五千多年前的埃及石刻画，表示古圣王在开掘沟渠，这也说得很有意思。案神农氏在中国正是极好的例，他教民稼穑，又发明医药，农固应为神，良医又与良相并重，可知医之尊，良相云者即是讳言王耳。由此观之，政治的原始的准则是仁政，政治家也须即是仁人，无论其为巫，为农或为医，都是一样，但是我们现在所谈则只是关于医的一方面，所以别的事情也就暂且不提了。

讲到医师的伟大精神，第一想起来的是古来所谓希坡克拉德斯之《誓愿》。希氏生于希腊，称医药之父，生当中国周代，与聂政同时，有集六十篇传于世，基督前三世纪初所编成，距屈原怀沙之年盖亦不远也。《誓愿》为集中之一篇，分为两部分。其一是尊师：他当视教他的人有如父母，与之共生活，如有必要当供给之，当视其子如己子，如愿学医者当教诲之，没有报酬或契约。其二是医生的本分：他当尽心力为病家处方疗养，不为损害之事，不予人以毒药，即使有人请求，亦不参与商榷，不与妇女堕胎；凡所见闻关于人生的事，在行医时或其他时所知，而不当在外张扬者，严守秘密。如《誓愿》中说及，总之他当保守他的生活与技术之圣洁。这并不是宗教的宣誓，其意义只是世俗的，而其精神却至伟大。此誓愿与文句未必真是希氏所定，但显然承受他的精神，传至后世一直为医师行业的教训。官吏就职也有宣誓的仪式，我们听得很多，与这个相比便显得是游戏，只是跳加官而已。

其次，近代医学上消毒的成功即是仁术之一证明。我曾赞叹说，巴斯德从啤酒的研究知道了霉菌的传染，这影响于人类福利者有多么大，单就外科伤科产科来说，因了消毒的施行，一年中要救助多少人命，以功德论，恐怕十九世纪的帝王将相中没有人可以及得他来。这应用在内科上，接种的疗法大为发达，从前只有牛痘一法可防天花，现在则向来所恐惧的传染病大抵可以预防，霉菌学者的功劳的确不小。还有生理学的研究与病理学一同进步，造出好些药饵如维他命与诃尔蒙，与其说药石无宁称为补剂，去病亦转为养生，这种新的方剂有益于身体，新的观念也于人心上同样的有益。《老学庵笔记》有一则记事云：

> 青城山上官道人，北人也，巢居食松麨，年九十矣，人有谒之者，但粲然一笑耳，有所请问则托言病聩，一语不肯答。予尝见之于丈人观道院，忽自语养生曰，为国家致太平与长生不死，皆非常人所能然，且当守国使不乱以待奇才之出，卫生使不夭以须异人之至，不乱不夭皆不待异术，唯谨而已。予大喜，从而叩之，则已复言聩矣。

养生之道通于治国，殆是道家的学说，这里明了地说出，而归结于谨之一字，在中国尤为与政治的病根适合。这种思想不算新了，却是合于学理的，补固是开源，谨亦是节流，原是殊途而同归也。

医师与政治家一样，所要的资格与条件是学问与经验，见识与道德，这末一件列在最后却是最要。俗语云，医生有割股之心，率直的说得好，股固可不必割，但根本上是利他的事，所以这种心也不可无，不过此未免稍近于佛教的，而不是儒道的说法耳。也有医师其道德却近于科学的。尝见有西国医生，遇老媪生瘤求割治，无力付给施疗病室的每天一角五分的饭钱，方欲辞去，医生苦留不得，乃为代付七天的饭钱一元另五分，住院治讫始纵之去。他何为必欲割此风马牛之赘庞，岂将自记阴功乎，殆因看着可割之瘤而不令割去，殊觉得不好过，故必欲割之而后快，古人或称为技痒，实则谓其本于技术的道德亦可也。诊察疾病，以学问经验合而断之，至于如何处分，则须有见识为主，或须立即开刀，即不能以现今倦怠，延至后日，养痈贻患，又或须先加静养，亦不能急功近利，妄下刀圭，揠苗助长，此既需有识力，而利他的宗旨为之权衡，乃尤为重要。其实一切人类文化悉当如是，今乃独见之于医术，其原因固亦由于医师之用心，在他方面虽与宗旨违失，祸及生民，所在多有，却没有病人死在面前，证明药石之误下，故人多不觉，主者乃得漏网耳。单就这一点看来，医师之可尊过于一般士大夫，盖已显然可知矣。

我这里礼赞医师，所赞的医师当然以良医为限，那是没有问题的。所谓良医有两个意思，其一是能医好病的医生。医生的本领原来是在于医病，但未必全都能医好，这也是无可如何，最怕的是反而医出病来，那就总不能算是良医了。这样的医生却是古已有之，如《笑得好》有一则云：

> 一医家迁居，辞邻舍曰，向忝邻末，目今迁居，无物可为别敬，每位奉药一服。邻人辞以无病，医人曰，你只吃了我的药，自然有病了。

其次的良医是良善的医生。医师能医得好病，那是很好的了，假如他要大敲竹杠，也就不见得可以礼赞，这种医生在《笑林》里不见提及，所以现在无例可引。为什么不见于笑话里的呢。这个理由谁知道，大概是因为不觉得可笑，大家只是有点怕他罢了。还有一层，我所谓医指的是现代受过科学训练的医生，别的不算在内，这也须得附带的说明一句。

（一九四五年一月）

立春以前

我很运气，诞生于前清光绪甲申季冬之立春以前。甲申这一年在中国史上不是一个好的年头儿，整三百年前流寇进北京，崇祯皇帝缢死于煤山，六十年前有马江之役，事情虽然没有怎么闹大，但是前有咸丰庚申之烧圆明园，后有光绪庚子之联军入京，四十年间四五次的外患，差不多甲申居于中间，是颇有意思的一件事。我说运气，便即因为是生于此年，尝到了国史上的好些苦味，味虽苦却也有点药的效用，这是下一辈的青年朋友所没有得到过的教训，所以遇见这些晦气也就即是运气。我既不是文人，更不会是史家，可是近三百年来的史事从杂书里涉猎得来，占据了我头脑的一隅，这往往使得我的意见不能与时式相合，自己觉得也很惶恐，可以说是给了我一种障碍，但是同时也可以说是帮助，因为我相信自己所知道的事理很不多，实在只是一部分常识，而此又正是其中之一分子，有如吃下石灰质去，既然造成了我的脊梁骨，在我自不能不加以珍重也。

其次我觉得很是运气的是，在故乡过了我的儿童时代。在辛丑年往南京当水兵去以前，一直住在家乡，虽然其间有过两年住在杭州，但是风土还是与绍兴差不多少，所以其时虽有离乡之感，其实仍与居乡无异也。本来已是破落大家，本家的景况都不大好，不过故旧的乡风还是存在，逢时逢节的行事仍旧不少，这给我留下一个很深的印象。自冬至春这一段落里，本族本房都有好些事要做，儿童们参加在内，觉得很有意思，书房放学，好吃好玩，自然也是重要的原因。这从冬至算起，祭灶、祀神、祭祖、过年拜岁、逛大街、看迎春、拜坟岁，随后跳到春分祠祭，再下去是清明扫墓了。这接连的一大串，很有点劳民伤财，从前讲崇俭的大人先生看了，已经要摇头，觉得大可不必如此铺张，如以现今物价来计算，一方豆腐四块钱，那么这糜费更是骇人听闻，幸而从前也还可以将就过去，让我在旁看学了十几年，着实给了我不少益处。简单地算来，对于鬼神与人的接待，节候之变换，风物之欣赏，人事与自然各方面之了解，都由此得到启示，我想假如那十年间关在教室里正式地上课，学问大概可以比现在多一点吧，然而这些了解恐怕要减少不少了。这一部分知识，在乡间花了很大的工夫学习来的，至今还是于我很有用处，许多岁时记与新年杂咏之类的书我也还是爱读不置。

上边所说冬季的节候之中，我现在只提出立春来说，这理由是很简单的。因为我说诞生于立春以前，而现今也正是这时节，至于今年是甲申，我又正在北京，那还是不大成为理由的理由。说到这里，我想起别的附带的一个原因，这便是我所受的古希腊人对于春的观念之影响。这里又可以分开来说，第一是希腊春祭的仪式。我涉猎杂书，看中了弗来若博士哈理孙女士讲古代宗教的著作，其中有《古代艺术和仪式》一册小书，给我作希腊悲剧起源的参考，很是有用，其说明从宗教转变为艺术的过程又特别觉得有意义。话似乎又得说回去。《礼运》云：“饮食男女，人之大欲存焉，死亡贫苦，人之大恶存焉。”古今中外人情都不相远，各民族宗教要求无不发生于此。哈理孙女士在《希腊神话论》的引言里说：

> 宗教的冲动单向着一个目的，即是生命之保存与发展。宗教用两种方法去达到这个目的，一是消极的，除去一切于生命有害的东西，一是积极的，招进一切于生命有利的东西。全世界的宗教仪式不出这两种，一是驱除的，一是招纳的。饥饿与无子是人生的最重要的敌人，这个他要设法驱逐他。食物与多子是他最大的幸福。希伯来语的福字原意即云好吃。食物与多子这是他所想

要招进来的。冬天他赶出去，春夏他迎进来。

因此无论天上或地下是否已有天帝在统治着，代表生命之力的这物事在人民中间总是极被尊重，无论这是春，是地，是动植物，或是女人。西亚古文明国则以神人当之，叙利亚的亚陀尼斯，弗吕吉亚的亚帖斯，埃及的阿施利斯皆是，忒拉开的迭阿女索斯后起，却盛行于希腊，由此祭礼而希腊悲剧乃以发生，神人初为敌所杀，终乃复生，象征春天之去而复返，一切生命得以继续，故其礼式先号咷而后笑。中国人民驱邪降福之意本不后人，唯宗教情绪稍为薄弱，故无此种大规模的表示，但对于春与阳光之复归则亦深致期待，只是多表现在节候上，看不出宗教的形式与意味耳。冬至是冬天的顶点，民间于祭祖之外又特别看重，语云，冬至大如年，其前夕称为冬夜，与除夕相并，盖为其是季节转变之关捩也。立春有迎春之仪式，其意义与各民族之春祭相同，不过中国祀典照例由政府举办，民众但立于观众的地位，仪式已近于艺术化，而春官由乞丐扮演，末了有打板子脱晦气之说，则更流入滑稽，唯民间重视立春的感情也还是存在，如前一日特称之曰交春，又推排八字者定年份以立春为准则，假如生于新正而在立春之前，则仍不算是改岁。由此可知春的意义在中国也比新年为重大，老百姓念诵九九等候寒冬的过去，最后云，九九八十一，犁耙一齐出，欢喜之情如见，此盖是农业国民之常情，不分今昔者也。但是乡间又有一句俗语云，春梦如狗屁。冬夜的梦特别有效验，一过立春便尔如此，殊不可解，岂以春气发动故，乱梦颠倒，遂悉虚妄不实欤。

希腊人对于春的观念我觉得喜欢的，第二是季节影响的道德观。这里恐怕没有绝对的真理，只是由环境而生的自然的结论，假如我们生在严寒酷暑，或一年一日夜的那种地方，感想当然另是一样，只有在中国或希腊，四时正确地迭代，气候平均地变化，这才感觉到他仿佛有意义，把他应用到人生上来。中国平常多讲五行，这个我很有点讨厌，但是如孔子所说，四时行焉，百物生焉，天何言哉，却觉得颇有意思，由此引申出儒家的中庸思想来，倒也极是自然，这与希腊哲人的主张正相合，盖其所根据者亦相同也。人民看见冬寒到了尽头，渐复暖过来，觉得春天虽然死去，却总能复活，不胜欣喜，哲人则因了寒来暑往而发见盛极必衰之理，冬既极盛，春自代兴，以此应用于人生，故以节为至善，纵为大过，而以格言总之则曰勿为已甚。此在中国亦正可通用，大抵儒道二家于此意见一致，推之于民间一般莫不了解此义，由于教训之传达者半，由于环境之影响盖亦居其半也。老子曰，飘风不终朝，骤雨不终日。鄙人甚喜此语，但是此亦须以经历为本，如或山陬海隅，天象有特殊者，则将不能理会，而其主张或将相反也未可料。昔者赫洛陀多斯著《史记》，记希腊波斯之战，波斯败绩，都屈迭台斯继之，记雅典斯巴达之战，雅典败绩，在史家之意皆以为由于犯了纵肆之过，初不外波斯而内雅典，特别有什么曲笔，此种中正的态度真当得史家之父的称号，若其意见不知学者以为如何，在鄙人则觉得殊有意趣，深与鄙怀相合者也。

上边的话说得有点凌乱，但总可以说明因了家乡以及外国的影响，对于春天我保有着农业国民共通的感情。春天与其力量何如，那是青年们所关心的问题，这里不必多说，在我只是觉得老朋友又得见面的样子，是期待也是喜悦，总之这其间没有什么恋爱的关系。天文家曰，春打六九头，冬至后四十五日是立春，反正一定的。这是正话，但是春天固然自来，老百姓也只是表示他的一种希望，田家谚云，五九四十五，穷汉街头舞，是也。我不懂诗，说不清中国诗人对于春的感情如何，如有祈望春之复归说得如此深切者，甚愿得一见之，匆促无可考问，只得姑且阁起耳。

（一九四五年一月）

石板路

石板路在南边可以说是习见的物事，本来似乎不值得提起来说，但是住在北京久了，现在除了天安门前的一段以外，再也见不到石路，所以也觉似有点希罕。南边石板路虽然普通，可是在自己最为熟悉，也最有兴趣的，自然要算是故乡的，而且还是三十年前那时候的路，因为我离开家乡就已将三十年，在这中间石板恐怕都已变成了粗恶的马路了吧。案宝庆《会稽续志》卷一街衢云：

> 越为会府，衢道久不修治，遇雨泥淖几于没膝，往来病之。守汪纲亟命计置工石，所至缮砌，浚治其湮塞，整齐其嵚崎，除巷陌之秽污，复河渠之便利，道途堤岸，以至桥梁，靡不加葺，坦夷如砥，井里嘉叹。

乾隆《绍兴府志》卷七引康熙志云：

国朝以来衢路益修洁，自市门至委巷，粲然皆石甃，故海内有天下绍兴街之谣。然而生齿日繁，阛阓充斥，居民日夕侵占，以广市廛，初联接飞檐，后竟至丈余，为居货交易之所，一人作俑，左右效尤，街之存者仅容车马。每遇雨霁雪消，一线之径，阳焰不能射入，积至五六日犹泥泞，行者苦之。至冬残岁晏，乡民杂遝，到城贸易百物，肩摩趾蹑，一失足则腹背为人蹂躏。康熙六十年知府俞卿下令辟之，以石牌坊中柱为界，使行人足以往来。

查志载汪纲以宋嘉定十四年权知绍兴府，至清康熙六十年整整是五百年，那街道大概就一直整理得颇好，又过二百年直至清末还是差不多。我们习惯了也很觉得平常，原来却有天下绍兴街之谣，这是在现今方才知道。小时候听唱山歌，有一首云：

知了喳喳叫，
石板两头翘，
懒惰女客困旰觉。

知了即是蝉的俗名，盛夏蝉鸣，路上石板都热得像木板晒干，两头翘起。又有歌述女仆的生活，主人乃是大家，其门内是一块石板到底。由此可知在民间生活上这石板是如何普遍，随处出现。我们又想到七星岩的水石宕，通称东湖的绕门山，都是从前开采石材的遗迹，在绕门山左近还正在采凿着，整座的石山就要变成平地，这又是别一个证明。普通人家自大门内凡是走路一律都是石板，房内用砖铺地，或用大方砖名曰地平，贫家自然也多只是泥地，但凡路必用石，即使在小村里也有一条石板路，阔只二尺，仅够行走。至于城内的街无不是石，年久光滑不便于行，则凿去一层，雨后即着旧钉鞋行走其上亦不虞颠仆，更不必说穿草鞋的了。街市之杂遝仍如旧志所说，但店家侵占并不多见，只是在大街两边，就店外摆摊者极多，大抵自轩亭口至江桥，几乎沿路接联不断，中间空路也就留存得有限，从前越中无车马，水行用船，陆行用轿，所以如改正旧文，当云仅容肩舆而已。这些摆摊的当然有好些花样，不晓得如今为何记不清楚，这不知究竟是为了年老健忘，还是嘴眼馋的缘故，记得最明白的却是那些水果摊子，满台摆满了秋白梨和苹果，一堆一角小洋，商人大张着嘴在那里嚷着叫卖。这种呼声也很值得记录，可惜也忘记了，只记得一点大意。石天基《笑得好》中有一则笑话，题目是《老虎诗》，其文曰：

一人向众夸说，我见一首虎诗，做得极好极妙，止得四句诗，便描写已尽。旁人请问，其人曰，头一句是甚的甚的虎，第二句是甚的甚的苦，旁人又曰，既是上二句忘了，可说二下句罢。其人仰头想了又想乃曰，第三句其实忘了，还亏第四句记得明白，是很得很的意思。

市声本来也是一种歌谣，失其词句，只存意思，便与这老虎诗无异。叫卖的说东西贱，意思原是寻堂，不必多来记述，只记得有一个特殊的例：卖秋白梨的大汉叫卖一两声，频高呼曰，来驮哉，来驮哉，其声甚急迫。这三个字本来也可以解为请来拿吧，但从急迫的声调上推测过去，则更像是警戒或告急之词，所以显得他很是特别。他的推销法亦甚积极，如有长衫而不似寒酸或啬刻的客近前，便云：拿几堆去吧。不待客人说出数目，已将台上两个一堆或三个一堆的梨头用右手搅乱归并，左手即抓起竹丝所编三文一只的苗篮来，否则亦必取大荷叶卷成漏斗状，一堆两堆地尽往里装下去。客人连忙阻止，并说出需要的堆数，早已来不及，普通的顾客大抵不好固执，一定要他从荷叶包里拿出来再摆好在台上，所以只阻止他不再加入，原要两堆如今已是四堆，也就多花两个角子算了。俗语云：挜卖情销，上边所说可以算作一个实例。路旁除水果外一定还有些别的摊子，大概因为所卖货色小时候不大亲近，商人又不是那么大嚷大叫，所以不大注意，至今也就记不起来了。

与石板路有关联的还有那石桥。这在江南是山水风景中的一个重要分子，在画面上可以时常见到。绍兴城里的西边自北海桥以次，有好些大的圆洞桥，可以入画，老屋在东郭门内，近处便很缺少了，如张马桥、都亭桥、大云桥、塔子桥、马梧桥等，差不多都只有两三级，有的还与路相平，底下只可通小船而已。禹迹寺前的春波桥是个例外，这是小圆洞桥，但其下可以通行任何乌篷船，石级也当有七八级了。虽然凡桥虽低而两栏不是墙壁者，照例总有天灯用以照路，不过我所明了记得的却又只是春波桥，大约因为桥较大，天灯亦较高的缘故吧。这乃是一支木竿高约丈许，横木上着板制人字屋脊，下有玻璃方龛，点油灯，每夕以绳上下悬挂。翟晴江《无不宜斋稿》卷一《甘棠村杂咏》之十七咏天灯云：

冥冥风雨宵，孤灯一杠揭。
荧光散空虚，灿逾田烛设。
夜间归人稀，隔林自明灭。

所说是杭州的事，但大体也是一样。在民国以前，属于慈善性的社会事业，由民间有志者主办，到后来恐怕已经消灭了吧。其实就是在那时候，天灯的用处大半也只是一种装点，夜间走路的人除了夜行人外，总须得自携灯笼，单靠天灯是决不够的。拿了“便行”灯笼走着，忽见前面低空有一点微光，预告这里有一座石桥了，这当然也是有益的，同时也是有趣味的事。

（一九四五年十二月）

小人书

这一种书在北方习惯叫“小人书”，不晓得这里是什么名称，在路上却是时常看见，根本和北方是一样的。马路边上摆设一个摊，放着许多横长的小册子，八分图画，两分文字，租给人看，看的人偶然也有大人，但十九都是小孩，所以称做小人书确是名符其实的。我每次看见时总不免发生感慨，这如演说滥调所说的有两个感想：其一是小孩们这样喜欢看书，很是可喜；其二则是大人们的惭愧，我们不曾有什么好书做出来给他们看。神仙妖怪、英雄强盗、才子佳人的故事，古今来写了不少，自然，不能算好，可是现在没有更好的，他们饥不择食地吞吃，这也怪不得他们，同样地怪不得印造和出租的人们。问题是要有好的替代品，要叫穷人莫吃米糠榆树皮，必须供给棒子面小米才行，空讲卫生的道理是没有用。

说是没有替代品，那也是不合事实的，市面上的儿童书报出版得很不少了，不过那都是面包洋点心，普通人家是吃不起的，而且吃了也不充饥，乃是一个更大的缺点。花了几百几千的金圆买得一册故事漫画等，一翻就翻完了，现在这时候或者不能单怨书价之贵，而价贵却是事实，其内容之廉则又与其价成反比例，也是一样的事实。我直觉地感到，这些书与其说是为儿童而作，无宁说全是为编者出版者自己而作的，更是近于真理。这句话说得很有点傻，商业的出版本来都是如此，何必大惊小怪，自然也是言之成理。不过我总觉得骗小人手里的铜钱似乎不应该，虽然骗大人没有多大关系，因为他们也在那里骗人的。

我看小人书摊上一本本的横长册子，材料虽是陈旧一点，内容总是充实的，结实一厚本，禁得起翻看，同时已赚了钱，总算还对得起主顾的。新的儿童书也要能够这样子，那就好了。可是现今是商业世界，大家讲赚钱愈讲愈精，后来居上，要想劝人赔本或是够本为儿童服务出版，那是道地的梦话，不但听的人要咧了嘴笑，就是自己如不在做梦也是说不出口的。给儿童供给书物，正与整个的儿童教养一样，我想原是国家的责任，应由国立机关大规模的来办，那么大赔其钱可以全不在乎，物美固然难说，而价廉可以做到，至少是货真，即内容总可更为充实了。不过这也是同样的一个梦，是很渺茫的。自然比较上二者也稍有差别，前者之梦有如一匹骆驼通过针眼，只有在戏法中乃能遇见者也。

（一九四九年四月）

琉球的酒壶

我有两把琉球的酒壶，藏了已有二十年，这回分送给两个朋友了。其一是我从日本一处民间工艺品的店里买来，因为在大陶瓷器店是不卖这种东西的，本是老百姓的用品，那时代价也只有日金半圆，却不能不说是难得之物。其形如大蒜头，中间的圆筒作喇叭口，却没有盖，旁有一嘴，暗色釉上涂彩色不成形状，这如放在馄饨店的板桌上装酱油醋，倒也适合，但实在却是盛酒的。琉球的烧酒名为泡盛，大概酒花很多，颇有名，以壶的容量不大而论，那是盛白酒而非黄酒的殆无疑问。其二系友人在同处买来见赠，形式奇异，其状如圆环，径约一寸，中空容酒，上侧有一圆筒为柄，从上端倒酒入内，对面是一壶嘴，仿佛是为烫酒便利而作的，釉与花纹大致相同。这些壶不知道原来什么名字，与日本的铫子朝鲜的酒煎子形状均不相似。本来这也是平常物件，但是现今琉球沦陷在美帝手里，不知何时才得解放，所以成为可纪念的东西，我的两位朋友都是说吃假黄酒不如真白酒，送给了他们或者还可以有用处吧。

（一九五一年一月）

辑四 生活不易，人间值得

月　夜

每到农历中旬，月圆前后这若干天里，我总感到月光的伟大的力量。

月夜对于许多人都有用处，有如莫泊桑就有一篇小说用这做题目，说一对爱人在月下谈心，连极严厉的神父见了觉得神圣，也回避了。又如熬夜的朋友，乡人叫作摸夜游的，不过他们的行业不是赌博或跳舞，却是在写文章，当夜深人静、烟香茶热的时候，文思潮涌，振笔疾书了一段，或是凝神构思，正要做出好句子来，忽然举头看见窗外的月光，一定也能增进他们的感兴，比黑夜里写得更好。

在我自己，虽然这里替月亮说了许多好话，却是并不买她的账，实在还是与她没有什么情分的。我也写点文章，可是这都在日光之下所写，到了“太阳去休息，蜜蜂离花丛”的时候，我早已收起笔砚，手边有合适的线装书，便去在电灯下躺着看看而已。人家正在谈心或作文得意的时分，我已一觉醒来，朝南的玻璃窗上只有一层白布窗帘，月光照耀有如白昼，我就心里不大高兴，埋怨她要妨碍我的睡眠。我觉得要安睡须得在黑暗里才行，月光虽比电灯力弱，但是闭着的眼睑也抵挡她不住，还是要刺激眼睛，叫人不能睡得很熟的。

（一九五一年二月）

落花生

传说鲁迅最爱吃糖，这自然也是事实，他在南京的时候常常花两三角钱到下关“办馆”买一瓶摩尔登糖来吃，那扁圆的玻璃瓶上面就贴着写得怪里怪气的这四个字。那时候这糖的味道的确不差，比现今的水果糖仿佛要鲜得多，但事隔四五十年，这比较也就无从参证了。鲁迅在东京当然糖也吃，但似乎并不那么多，倒是落花生的确吃得不少，特别有客来的时候，后来收拾花生壳往往是用大张的报纸包了出去的。假如手头有钱，也要买点较好的吃食，本乡三丁目的藤村制的栗馒头与羊羹（豆沙糕）比较名贵，今川小路的风月堂的西洋点心，名字是说不出了。有一回鲁迅买了风月堂新出的一种细点来，名叫乌勃利，说是法国做法，广告上说什么风味淡泊，觉得很有意思，可是打开重重的纸包时，簇新洋铁方盒里所装的只是二三十个乡下的“蛋卷”，不过做得精巧罢了。查法文字典，乌勃利原意乃是“卷煎饼”，说得很明白，事先不知道，不觉上了一个小当。

在本乡一处小店里曾买到寄售的大垣名产柿羊羹，装在对劈开的毛竹内，上贴竹箬作盖，倒真是价廉物美，可是买了几回之后，却再也不见了，觉得很是可惜，虽然这如自己试做，也大概可以做成功的。

（一九五一年五月）

关于百草园

百草园的名称，初见于鲁迅的回忆文中，那时总名还叫作“旧事重提”，是登在《莽原》上的，这一篇的题目是“从百草园到三味书屋”。这园是实在的，到现今还是存在，虽然这名字只听见老辈说过，也不知道它的历史，若是照字面来说，那么许多园都可以用这名称，反正园里百草总是有的。不过别处不用，这个荒园却先这样的叫了，那就成了它的专名，不可再移动了。

这园现在是什么情形，只要有人肯破费工夫，跑去一看，立即可以明白了。但是园虽是无生物，却也同人一样，有它的面目和年龄，今日所见只是现在的面目，过去有比人还长的年月，也都是值得记值得说的。古人作《海赋》，从海的上下四旁着手，这是文人的手法，我们哪里赶得上，但这意思却是很好的。园属于一个人家，家里有人，在时代与社会中间，有些行动，这些都是好资料，就只可惜我们不去记它，或者是不会记。这回我想来试试看，虽然会不会，能不能，那全然还不知道。

说得小一点，那么一个园，一个家族，那么些小事情，都是鸡零狗碎的，但在这空气中那时鲁迅就生活着，当作远的背景看，也可以算作一种间接的材料吧。说得大一点呢，是败落大人家的相片。鲁迅于清光绪戊戌（一八九八）年离开家乡，所以现今所写的也以此为界限，但或者有拉到庚子年去的时候也说不定。就是庚子也罢，那已是五十年前的事了，记忆不能完全，缺点自必多有，但我希望那只是遗漏的一方面，若是增饰附会，大概里边总是没有的。

（一九五一年七月）

秋虫的鸣声

虫类的嘴是不会发声的，但是我们平常总说它是在叫，古来有以虫鸣秋这句话，这些虫就称之为秋虫。小时候在乡下知道得最多，绩缲婆婆官名络纬，蛐蛐在《诗经》上称蟋蟀，或称促织，此外有油唧蛉、叫蛄蛄、蛐蛐儿、金铃子、油蛉和竹蛉，都是相当的会叫的，但是在北京却不大听见，现在夜中人静的时候，在窗外低吟的也只是蛩蛩一种罢了。

因了秋虫的鸣声引起来的感想，第一就是秋天来了，仿佛是一种警告。蟋蟀虽是斗虫，可是它独自深夜微吟时实在很有点悲哀，所以对于听的人多发生类似的感觉，乡下的小孩们解释它的歌词是“浆浆洗洗，钮绊依依”，依字读去声，意思是说装上去，这与促织的意味相合，不过不是织布做新衣，只是修补旧衣预备御寒罢了。陆元恪在

《毛诗草木虫鱼疏》中有促织鸣懒妇惊之谚，可见此种传说在三国吴时早已有了，大抵在民歌儿歌中警游惰的意思很是常见，要讲句旧话，可以说是正与《国风》相通的吧。乡下有关于蝉鸣的儿歌云：知了喳喳叫，石板两头跷，懒惰女客困旰觉。这里说的是三伏天气，石板都晒得“乔”（微弯）了，但是在城乡里，除懒惰的男女客以外，没有人睡午觉的，这歌即以为刺，至于单举出女客来，那或者由于作者或加工者是男性的缘故吧。

（一九五一年九月）

他山之石

中国古语说："他山之石，可以攻玉。"说得很有道理，虽然不大客气一点，因为把人家说成石头了。爱伦堡最近说："我觉得中国的艺术应该使古来的和现代的联结起来，批评地接受并发扬光大那数千年的传统艺术。"又讲到中国传统的作画方法与西方画家作画方法的不同，他说，"西方画家是看着实物写生，中国画家是细看了实物，人物山水鸟兽等等，回到家里然后作画。"这些话都说得很对，于中国也很有益，不过事实上大概不大容易办。

我不懂得画，但知道宋元以后文人画的势力很大，不讲形似而重气韵，看了实物回到家里画，即是这种画的作画方法。宋朝院画和以前的画家大都还是画实物，用的是线条，所以不能像西方那么写生，但总还是着重形象。即如儿童，在古代有些工笔婴戏图，不像后来眼睛只是两小黑点，和画小鱼一样了。我不敢非薄文人画，但个人还是喜欢工细的线画的，我想老百姓或者也是如此，这两年的年画上可以看得出来，像黄瘿瓢王冶梅的人物画是难作年画，也难得受欢迎的。文人画的名作是不是与文学遗产中的名作有点相似，要把它与大众连接很要费些苦心，虽然这是值得艺术家去做的工作。

在改革时代，古与今的脱节是不能免的，但是文化的传统假如不是含有要不得的封建毒素，早晚还是应该联结起来，在这上边爱伦堡的话是很有意义，我们该得对他表示感谢的。

（一九五二年一月）

南北的点心

中国地大物博，风俗与土产随地各有不同，因为一直缺少人纪录，有许多值得也是应该知道的事物，我们至今不能知道清楚，特别是关于衣食住的事项。我这里只就点心这个题目，依据浅陋所知，来说几句话，希望抛砖引玉，有旅行既广、游历又多的同志们，从各方面来报道出来，对于爱乡爱国的教育，或者也不无小补吧。

我是浙江东部人，可是在北京住了将近四十年，因此南腔北调，对于南北情形都知道一点，却没有深厚的了解。据我的观察来说，中国南北两路的点心，根本性质上有一个很大的区别。简单地下一句断语，北方的点心是常食的性质，南方的则是闲食。我们只看北京人家做饺子馄饨面总是十分茁实，馅决不考究；面用芝麻酱拌，最好也只是炸酱；馒头全是实心。本来是代饭用的，只要吃饱就好，所以并不求精。若是回过来走到东安市场，往五芳斋去叫了来吃，尽管是同样名称，做法便大不一样，别说蟹黄包子，鸡肉馄饨，就是一碗三鲜汤面，也是精细鲜美的。可是有一层，这决不可能吃饱当饭，一则因为价钱比较贵，二则昔时无此习惯。抗战以后上海也有阳春面，可以当饭了，但那是新时代的产物，在老辈看来，是不大可以为训的。我母亲如果在世，已有一百岁了，她生前便是绝对不承认点心可以当饭的，有时生点小毛病，不喜吃大米饭，随叫家里做点馄饨或面来充饥，即使一天里仍然吃过三回，她却总说今天胃口不开，因为吃不下饭去，因此可以证明那馄饨和面都不能算是饭。这种论断，虽然有点儿近于武断，但也可以说是有客观的佐证，因为南方的点心是闲食，做法也是趋于精细鲜美，不取茁实一路的。上文五芳斋固然是很好的例子，我还可以再举出南方做烙饼的方法来，更为具体，也有意思。我们故乡是在钱塘江的东岸，那里不常吃面食，可是有烙饼这物事。这里要注意的，是烙不读作老字音，乃是“洛”字入声，又名为山东饼，这证明原来是模仿大饼而作的，但是烙法却大不相同了，乡间卖馄饨面和馒头都分别有专门的店铺，唯独这烙饼只有摊，而且也不是每天都有，这要等待那里有社戏，才有几个摆在戏台附近，供看戏的人买吃，价格是每个制钱三文，计油条价二文，葱酱和饼只要一文罢了。做法是先将原本两折的油条扯开，改作三折，在熬盘上烤焦，同时在预先做好的直径约二寸，厚约一分的圆饼上，满搽红酱和辣酱，撒上葱花，卷在油条外面，再烤一下，就做成了。它的特色是油条加葱酱烤过，香辣好吃，那所谓饼只是包裹油条的东西，乃是客而非主，拿来与北方原来的大饼相比，厚大如茶盘，卷上黄酱与大葱，大嚼一张，可供一饱，这里便显出很大的不同来了。

上边所说的点心偏于面食一方面，这在北方本来不算是闲食吧。此外还有一类干点心，北京称为饽饽，这才当作闲食，大概与南方并无什么差别。但是这里也有一点不同，据我的考察，北方的点心历史古，南方的历史新，古者可能还有唐宋遗制，新的只是明朝中叶吧。点心铺招牌上有常用的两句话，我想借来用在这里，似乎也还适当，北方可以称为“官礼茶食”，南方则是“嘉湖细点”。

我们这里且来作一点繁琐的考证，可以多少明白这时代的先后。查清顾张思的《土风录》卷六，“点心”条下云：“小食曰点心，见《吴曾漫录》。唐郑傪为江淮留后，家人备夫人晨馔，夫人谓其弟曰：‘治妆未毕，我未及餐，尔且可点心’，俄而女仆请备夫人点心，傪诟曰：‘适已点心，今何得又请！’”由此可知点心古时即是晨馔。同书又引周辉《北辕录》云：“洗漱冠栉毕，点心已至。”后文说明点心中馒头馄饨包子等，可知说的是水点心，在唐朝已有此名了。茶食一名，据《土风录》云：“干点心曰茶食，见宇文懋《昭金志》：‘婿先期拜门，以酒馔往，酒三行，进大软脂小软脂，如中国寒具，又进蜜糕，人各一盘，曰茶食。'"《北辕录》云："金国宴南使，未行酒，先设茶筵。进茶一盏，谓之茶食。"茶食是喝茶时所吃的，与小食不同，大软脂，大抵有如蜜麻花，蜜糕则明系蜜饯之类了。从文献上看来，点心与茶食两者原有区别，性质也就不同，但是后来早已混同了。本文中也就混用，那招牌上的话也只是利用现代文句，茶食与细点作同意语看，用不着再分析了。

我初到北京来的时候，随便在饽饽铺买点东西吃，觉得不大满意，曾经埋怨过这个古都市，积聚了千年以上的文化历史，怎么没有做出些好吃的点心来。老实说，北京的大八件小八件，尽管名称不同，吃起来不免单调，正和五芳斋的前例一样，东安市场内的稻香村所做的南式茶食，并不齐备，但比起来也显得花样要多些了。过去时代，皇帝向在京里，他的享受当然是很豪华的，却也并不曾创造出什么来，北海公园内旧有"仿膳"，是前清御膳房的做法，所做小点心，看来也是平常，只是做得小巧一点而已。南方茶食中有些东西，是小时候熟悉的，在北京都没有，也就感觉不满足，例如糖类的酥糖、麻片糖、寸金糖，片类的云片糕、椒桃片、松仁片，软糕类的松子糕、枣子糕、蜜仁糕、桔红糕等。此外有缠类，如松仁缠、核桃缠，乃是在干果上包糖，算是上品茶食，其实倒并不怎么好吃。南北点心粗细不同，我早已注意到了，但这是怎么一个系统，为什么有这差异？那我也没有法子去查考，因为孤陋寡闻，而且关于点心的文献，实在也不知道有什么书籍。但是事有凑巧，不记得是哪一年，或者什么原因了，总之见到几件北京的旧式点心，平常不大碰见，样式有点别致的，这使我忽然大悟，心想这岂不是在故乡见惯的“官礼茶食”么？故乡旧式结婚后，照例要给亲戚本家分“喜果”，一种是干果，计核桃、枣子、松子、榛子，讲究的加荔枝、桂圆。又一种是干点心，记不清它的名字。查范寅《越谚》饮食门下，记有金枣和珑缠豆两种，此外我还记得有佛手酥、菊花酥和蛋黄酥等三种。这种东西，平时不通销，店铺里也不常备，要结婚人家订购才有，样子虽然不差，但材料不大考究，即使是可以吃得的佛手酥，也总不及红绫饼或梁湖月饼，所以喜果送来，只供小孩们胡乱吃一阵，大人是不去染指的。可是这类喜果却大抵与北京的一样，而且结婚时节非得使用不可。云片糕等虽是比较要好，却是决不使用的。这是什么理由？这一类点心是中国旧有的，历代相承，使用于结婚仪式。一方面时势转变，点心上发生了新品种，然而一切仪式都是守旧的，不轻易容许改变，因此即使是送人的喜果，也有一定的规矩，要定做现今市上不通行了的物品来使用。同是一类茶食，在甲地尚在通行，在乙地已出了新的品种，只留着用于“官礼”，这便是南北点心情形不同的缘因了。

上文只说得“官礼茶食”，是旧式的点心，至今流传于北方。至于南方点心的来源，那还得另行说明。“嘉湖细点”这四个字，本是招牌和仿单上的口头禅，现在正好借用过来，说明细点的起源。因为据我的了解，那时期当为前明中叶，而地点则是东吴西浙，嘉兴湖州正是代表地方。我没有文书上的资料，来证明那时吴中饮食丰盛奢华的情形，但以近代苏州饮食风靡南方的事情来作比，这里有点类似。明朝自永乐以来，政府虽是设在北京，但文化中心一直还是在江南一带。那里官绅富豪生活奢侈，茶食一类也就发达起来。就是水点心，在北方作为常食的，也改作得特别精美，成为以赏味为目的的闲食了。这南北两样的区别，在点心上存在得很久，这里固然有风俗习惯的关系，一时不易改变；但在“百花齐放”的今日，这至少该得有一种进展了吧。其实这区别不在于质而只是量的问题，换一句话即是做法的一点不同而已。我们前面说过，家庭的鸡蛋炸酱面与五芳斋的三鲜汤面，固然是一例。此外则有大块粗制的窝窝头，与“仿膳”的一碟十个的小窝窝头，也正是一样的变化。北京市上有一种爱窝窝，以江米煮饭捣烂（即是糍粑）为皮，中裹糖馅，如元宵大小。李光庭在《乡言解颐》中说明它的起源云：相传明世中官有嗜之者，因名御爱窝窝，今但曰爱而已。这里便是一个例证，在明清两朝里，窝窝头一件食品，便发生了两个变化了。本来常食闲食，都有一定习惯，不易轻轻更变，在各处都一样是闲食的干点心则无妨改良一点做法，做得比较精美，在人民生活水平日益提高的现在，这也未始不是切合实际的事情吧。国内各地方，都富有不少有特色的点心，就只因为地域所限，外边人不能知道，我希望将来不但有人多多报道，而且还同土产果品一样，陆续输到外边来，增加人民的口福。

（一九五六年七月）

西安的古迹

就近两千年来说，西安是汉唐两朝的首都，是历史上最兴旺的一时期的文化发源地，凡有宝爱祖国文学遗产的人士，对于这古都长安不能不保有着甚深的怀念。

西安古迹很多，但第一引人注意的我想当是慈恩寺的大雁塔吧。现今的西安已经和唐代的长安大有不同，大慈恩寺据说原分十二院，大雁塔的现址只是其中之一，地点很是狭窄，但是那“塔势如涌出”的大建筑物却经历了一千三百多年的岁月，巍然矗立着，看了叫人不自觉地感到兴奋。大雁塔与玄奘，正和小雁塔和义净一样，是两位往天竺取经回来的高僧所住，努力翻译佛经，对于以后中印文化交流，起了很大的作用。别一方面有那青龙寺，唐代日本空海和尚，朝鲜慧日和尚来长安留学时，都曾在此居住。空海不但将佛教密宗从中国传入日本，还依照印度悉昙字母的规则，采用汉字的偏旁部分，改造日本假名，作为音标字母。在这以前日本通用汉字记音，用字没有一定，易致分歧，空海制定简易的“片假名”，又把这五十音编为一首歌诀，通行至今。日本文字前半用汉字标音，后半用假名，结果都是从中国去的，而这源流却是出在长安，在中日文化交流上起了极大的作用，因为它是兼有宗教与文艺两种意义的。中国从印度输入了佛教，一面丰富了自己的文化，一面又与东南亚、日本、朝鲜、印度支那、缅甸、泰国、尼泊尔、锡兰各国，发生了亲密的关系，这个重大的价值我们是不可轻易看过的。这本来是过去和现在的事实，各人只要注意一下都会得明了，不过我在西安看了雁塔的古迹，更是深切地感到罢了。

其次我觉得值得一说的便是骊山。骊山最有名的古迹当然要举出阿房宫来，不过自从“楚人一炬，可怜焦土”以来，再没有什么可以凭吊的地方，所以只好不说。此外自然要推那里有名的华清宫了，不过可惜得很，那里唐朝遗物什么都没有了，除了华清池的一泓清水，我们从照片上看到的所谓贵妃池也已不见，因为正在改造，——这其实倒是对的，那用二十世纪式的白瓷砖砌成的浴池，并不适宜，改去正是好的。杨太真之死在古代历史上自然是一个很大的悲剧，但是经过白居易和陈鸿的《长恨歌传》的点缀而流传下来的故事，由于后世文人的庸俗化，着重于“春寒赐浴华清池，温泉水滑洗凝脂”之句，生出许多出浴的诗和画来，这显然是有点不妥当的。我对于华清池的看法是，简单地把它当作唐代遗宫之一对待，自然与《长恨歌》有很深的关系，而那池水是中国北地很缺少的一个良好的温泉，愿意将来多多地加以利用。我觉得很是有幸，在那里洗了一个澡。对于杨贵妃的事情，我觉得远不及对于捉蒋亭的有兴趣。我只在山下望见那亭子和匾额上的字，因为脚力不济，不能爬上山去近看，但是我有它的照片，又承同行的友人上去把木板上所记的那篇文章抄了下来，我也得读了一遍。一九三六年十二月十二日的“西安事变”是抗日救国，以至解放中国的枢机，值得永久纪念，而这恰巧发生在华清池上，也正是很有意思的事情。我的意思是，这亭子该当用上好的石头建筑，替代现在的水泥工程，同时也希望有一篇简要的碑纪，镌刻在打毁了的摩崖刻石旁边，那上山的道程自然最好也修理一下子。

此外，我们还参观了几处古迹，比较最引起兴味的，乃是东郊半坡村的新石器晚期遗址，以及北郊阎家寺的汉初住宅遗迹。此二者在历史上的学术价值，我们外行人可以无庸多说，这里只把个人感想举出一二点来。这石器时代据说距今只有五千年，那末可能是在唐虞时代千年之前。平常听说史前的事情，往往是几万年前，现今就近得很多了，所以不禁发生了些亲近之感。说到汉朝，时代近得很多，遗物发见不少，有如在西安博物馆中所见的咸阳的秦时下水道五角大瓦管，近年在曲阜发掘出来的鲁灵光殿遗址，殿基道路都很完好，那刻字的殿陛是西汉第一石刻（解放前原石在北京大学，现在可能归历史博物馆保管），都是珍贵的资料。但是这回所见的板筑的涂作红色的泥墙土地，以及墙角的炉灶，烧起来时火烟从墙中陶管和土炕通过，那种暖房设备，却是很特殊的。土炕的构造在文化上也有意义，它远与朝鲜日本（不知道在西伯利亚有无类似的东西），近与北地的土炕、南方的板炕都有密切的联系。这是第一个感想。其二，是这些的发见与保存，只有在解放以后的现在才有可能，我们看着这几千年前的古迹，却同时不能不感到目前的这伟大的时代。

（一九五六年十二月）

绍兴的糕干

今年鲁迅逝世二十周年纪念，有在北京的一家报馆当编辑的友人往绍兴去参观鲁迅的故家，回来送了我一包绍兴土产“香糕”。友人的盛意固然可感，特别是那多年久违了的故乡特产，引起我怀旧之情，几乎已经忘记了的故乡的事情不免又记忆起来了。

老实说，我对于故乡是没有多少情分的。第一是绍兴的气候不好，夏天热煞，冬天冷煞，因为那里没有防寒设备，在北京住久了的人，都感觉很困难，特别是一年三季都有蚊子，更是讨厌。绍兴的山水总还是好的，但也不见得比江浙别处好到哪里去。那末可以一谈的也就只是物产这一方面了，而其中自然以关于吃的为多。

鲁迅在《朝花夕拾》的小引中曾云：“我有一时，曾经屡次忆起儿时在故乡所吃的蔬果：菱角、罗汉豆、茭白、香瓜。凡这些，都是极其鲜美可口的，都曾是使我思乡的蛊惑。”这些蔬果本来都是很好的，但是我所记得的却是糕团。我在十年前所作《儿童杂事诗》中有一首云：

嘉湖细点旧名驰，
不及糕团快朵颐。
艾饺印糕排满架，
难忘最是炙麻糍。

这里所谓糕团是指“湿”的一类，与“嘉湖细点”那些所谓“干点心”有别。那友人送我的一包“香糕”是属于干的，可是它与糕团有一脉相通之处，即是都用米粉所制，而不是用麦粉的。这在绍兴统称“糕干”，明说是干的糕类。据范寅的《越谚》卷二饮食门内，这一项下注云：“米粉作方条，焙热成干，极松脆，为越城名物。与绍酒通市京都，故招牌书进京香糕。昔多黄色，今多白色，其粉更细而佳。”

绍兴香糕店很多，最有名的是“孟大茂”，据说创始于前清嘉庆十二年，即公元一八〇七年，已经有一百五十年的历史了。据他们印发的说明，与《越谚》稍有不同，或者更可信凭，亦未可知。其“过程”一节原文云：

绍兴乡村农家，每于农历年底自舂年糕，备来年农忙时期作田间点心之用，然总觉食时有加糖蒸煮之麻烦，后渐有以粉及糖火炙烘焙者，盖利用糖受炙后粘性作用而成香糕之雏形也，简便不烦，乃为广播。香糕俗称糕干，实取义于上述情形，其后陆续改进，色、香、味遂臻上乘。加以前清举行科举，浙东一带应试赴考者，均以香糕为途中之点，香糕受当时知识阶级传播，名闻益远，踪迹及于京畿，故亦有进京香糕之称。

“进京香糕”的名称，从文义上看来，的确以“孟大茂”之说为长，因为这是举人们带了进京，供路上的食用，与酒的称“京庄”不同。又说这是从年糕改良出来的，也很可能，即使它不是纯粹属于农民的东西，至少也总是点心中最大众化的一种。过去的老百姓看望亲戚，照例要带点礼品去，最普通的乃是“糕干包”，较好的是“蛋卷包”，每斤不过几十文钱罢了。

讲到绍兴的糕干，又使我想起杨村糕干来了。以前在北京常有小店专门卖这食品的，它的制法与绍兴大概总是一路，只是味道并不怎么好，所以不很去请教它。但是它的大众化的特色与绍兴香糕是一致的。又在杨村糕干店里多售代乳糕，或者那糕干即可用以哺儿也未可知。绍兴的香糕，特别是黄色的一种，大人嚼了哺给小儿，往往可以代乳。它以前在乡间大量销行，这大约也是一个主要原因。

（一九五六年十二月）

泥孩儿

从前在什么书上，看见德国须勒格尔博士说，东亚的人形玩具始于荷兰的输入，心里不大相信，虽然近世的“洋娃娃”这句话似乎可以给它作一个证明。本来这人形玩具的起源当在上古时代，各国都能自然发生，如埃及、希腊、罗马的古坟据说都发见过牙雕或土制的偶人，大抵是在儿童的坟里，所以知道是玩具的性质，另外有殉葬的一种，用以替代活人，那是所谓“俑”了。由是可知，这种玩具的偶人的起源不可能有一定的地方，应是各地自由发展。可是它又很容易感受外来的影响，现时的洋娃娃服装相貌还没有和老百姓一样，宋代曾通称摩侯罗或磨喝乐，此是外来语，大概与佛教有关系，虽然还没有考究出它的来源。这在《老学庵笔记》中称作“泥孩儿”，当是指泥制的孩儿那一种，但别处又见有“帛新妇子”与“磁新妇子”的名称，可见也有一种“美人儿”，比现代的洋娃娃式样更多了。小时候在乡下买“烂泥菩萨”玩耍，有状元，有“一团和气”，还有妇女，通称“老嫚”，即指“堕民”中的女人，因为她们在前朝是贱民，规定世世给平民服役，女人都还穿的古装束，青衣裙青背心，发梳作高髻，称“朝前髻”（平民妇女唯居丧时梳此髻）。土偶作古装，无人能识，所以认错了。现在想起来，这种“老嫚”的烂泥菩萨，着实可以珍重保存，只可惜现今恐怕已经找不到了。

中国历代的“俑”，自六朝至唐，尚留存不少，很可以供给画家和排演电影的人作参考，人形玩具如能保留，亦可有不小用处。但玩具殉葬到底是绝少数，平常玩耍过后全都毁弃，古时玩具无由得见。这不但是实物难得，便是文字纪录，也极不易找，盖由中国文人太是正经，受儒教思想的束缚，对于生活细节，怕涉烦琐，不敢下笔的缘故。汉人在《潜夫论》中有云：“或作泥车瓦狗诸戏弄之具，以巧诈小儿，皆无益也。”可以代表士大夫的玩具观。我们从佛经中看来，印度就要好得多多。如在《大智度论》中说：“人有一子，喜不净中戏，聚土为谷，以草木为鸟兽，而生爱着，人有夺者，瞋恚啼哭，其父知已，此子今虽爱着，此事易离耳，小大自休。”末句轻轻四字，是多么有理解的话。又《六度集经》中记须大拿王子将二子布施给人，王妃悲叹，“今儿戏具，泥象泥牛，泥马泥猪，杂巧诸物，纵横于地，睹之心感。”也说的很有人情。为了儿童的福利，应该发展玩具制作，特别是人形玩具这一部门，古来的“泥孩儿”“美人儿”，都能有新发展，此外泥车瓦狗，泥马泥猪，也是必要的，这应与新文明的玩具并重，不可落后，因为这些固然是旧的，但正是日常生活中所有的事物。本来想谈谈玩具的事情，却不料只说得偶人这一方面，所以题目也就用了宋人所说的泥孩儿，虽然这一个字不大能够包括人形玩具的全部。

（一九五七年二月）

梅兰竹菊

梅兰竹菊这四种“花”，不晓得叫什么“名堂”，大约是古已有之。据我小时候的记忆，看过《芥子园画传》，不记得是第二集还是第三集了，总之是顶没有什么意思的一集，是这么专讲这梅兰竹菊的四本。它讲的不及山水和人物的好玩，但是那东西或是比较好画的缘故，也或者是别的理由，更有许多人爱好它，喜爱这四样物色。

梅兰竹菊总之是东方的东西，不是西洋的。你只看它一副东方的神气，穿的好像是丝织品，不然是一套棉衣的衣裳，全没见一点时髦气。说没一点时髦气，或者不妥，但不见俗气，和那毛茸茸的所谓洋什么相比，总还可以说不是旃裘之民吧？我们且来考究它们的来源。竹大约最早，见于《禹贡》，梅出在《诗经》和《尚书》，兰也见称于《离骚》，只有菊花最晚出，见赏于陶渊明，已经在东晋了。

其实这竹的见称赏，也始见于三国的魏末，菊花在《尔雅》里也有这个名字，不过不曾欣赏它的“秋菊有佳色”罢了。

它在外国的名字，也证明是外来的。在日本只有竹是热带植物，它原来就自有，有“多介”这名字，其余的梅兰和菊都没有本名，至今全是用的汉名了。想来现在的日本生物学者，拿了些和制的名字像“小敦盛草”等，请中国利用，或者是一种报答之道欤？——没有汉名，就是没有名字，想必是带了本地的名称输入去的了。在西洋我们也只有竹不能够知道，它的学名“班部”是南洋的，这与中国字的象形同样神秘。其余菊最佳妙，因为定得适当，义云黄金的花，梅花却不算好，名曰普路木纳，但这字后来考证出来乃是李子，一定硬说是梅，可说是“李代梅僵”了。至于兰花尤其不佳，它在中国被称是王者之香，无人自芳，但其在外国却未被看重，他们称之曰俄耳吉斯，直译出来是睾丸草，说它的根带着小块，这立名非不得当，倒是很有天真烂漫之趣的。但是现在这总已没有办法，兰科植物在学名上只可说是俄耳吉达刻俄斯了。

但是梅兰竹菊在我们中国，还自有它们的确定的地位的。不过这也有地域的限制，这是风土如此，没有什么办法。竹子生长黄河以南，到了北方风沙之地，有点长不惯，所以种竹的秘诀，以根实不动摇为第一。“此君”之被尊重，也是在东渡之后。梅子从前只重在调味，说什么暗香疏影，也还是孤山处士的影响。兰出了山，很是娇贵难养，菊若是满天星之流，还不妨随处乱种一番，若是有了别名，便也非有个别名的花园来培养不可。所以由我个人来说，这两种都不是我所能搞得来的，无宁是梅与竹可以一定不动地种着看看。不过，“种花一年，看花十日”，看梅花也不过十多天光景，此外一根老树，也没有好看的地方。那末，还是种竹好罢，这个意思有个朋友别号竹庵，他一定很赞成吧。中国不是到处可以有竹的，那末这也需要择地，我们在北京的人想看竹也不成，还是翻看画谱里梅兰竹菊也罢。

（一九五七年七月）

不倒翁

不倒翁是很好的一种玩具，不知道为什么在中国不很发达。这物事在唐朝就有，用作劝酒的东西，名为“酒胡子”，大约是做为胡人的样子，唐朝是诸民族混合的时代，所以或者很滑稽的表现也说不定。三十三年前曾在北京古董店看到一个陶俑，有北朝的一个胡奴像，坐在地上弹琵琶，同生人一样大小。这是一个例子，可见在六朝以后，胡人是家庭中常见的。这酒胡子有多么大，现在不知道了，也不知道怎样用法，我们只从元微之的诗里，可以约略晓得罢了：

遣闷多凭酒，公心只仰胡。
挺胸惟直指，无意独欺愚。

这办法传到宋朝，《墨庄漫录》记之曰：

> 饮席刻木为人而锐其下，置之盘中左右欹侧，僛僛然如舞状，力尽乃倒，视其传筹所至，酹之以杯，谓之劝酒胡。

这劝酒胡是终于跌倒的——不过一时不容易倒——所以与后来的做法不尽相同；但于跌倒之前要利用它的重心，左右欹侧，这又同后来是相近的了。做成“不倒翁”以后，辈分是长了，可是似乎代表圆滑取巧的作用，它不给人以好印象，到后来与儿童也渐益疏远了。名称改为“扳不倒”，方言叫做“勃弗倒”，勃字写作正反两个“或”字在一起，难写得很，也很难有铅字，所以从略。

不倒翁在日本的时运要好得多了。当初名叫“起来的小和尚”，就很好玩。在日本狂言里便已说及。“狂言”系是一种小喜剧，盛行于十二三世纪，与中国南宋相当，后来通称“达摩”，因画作粗眉大眼，身穿绯衣，兜住了两脚，正是“面壁九年”的光景。这位达摩大师来至中国，建立禅宗，在思想史上确有重大关系，但与一般民众和妇孺，却没有什么情分。在日本，一说及达摩，真是人人皆知，草木虫鱼都有以他为名的，有形似的达摩船，女人有达摩髻，从背上脱去外套叫做“剥达摩”。眼睛光溜溜的达摩，又是儿童多么热爱的玩具呀！达摩的“趺跏而坐”的坐法，特别也与日本相近，要换别的东西上去很容易，这又使“达摩”变化成多样的模型。从达摩一变而成“女达摩”，这仿佛是从“女菩萨”化出来的，又从女达摩一变而化作儿童，便是很顺当的事情了。名称虽是“达摩”，男的女的都可以有，随后变成儿童，就是这个缘故。日本东北地方寒冷，冬天多用草囤安放小孩，形式略同“猫狗窝”相似，小孩坐在里边，很是温暖；尝见鹤冈地方制作这一种“不倒翁”，下半部是土制的，上半部小孩的脸同衣服，系用洋娃娃的材料制成。这倒很有一种地方色彩。

不倒翁本来是上好的发明，就只是没有充分的利用，中国人随后“垂脚而坐”的风气，也不大好用它。但是，这总值得考虑，怎样来重新使用这个发明，丰富我们玩具的遗产；问题只须离开成人，不再从左右摇摆去着想，只当他作小孩子看待，一定会得看出新的美来的吧。

（一九五七年七月）

爱 竹

我对于植物的竹有一种偏爱，因此对于竹器也有特别的爱好。首先是竹榻，夏天凉飕飕的顶好睡，尤其赤着膊，唯一的缺点是竹条的细缝会得挟住了背上的“寒毛”，比蚊子咬还要痛。有一种竹汗衫，说起来有点相像，用长短粗细一定竹枝，穿成短衫，衬在衣服内，有隔汗的功用，也是很好的，也就是有夹肉的毛病。此外竹的用处，如笔、手杖、筷子、晾竿，种种编成的筐子、合子、簟席、凳椅，说不尽的各式器具。竹的服装比较的少，除汗衫外，只有竹笠。我又从竹工专家的章福庆（“闰土”的父亲）那里看见过“竹屐”，这是他个人的发明，用半节毛竹钉在鞋底上，在下雨天穿了，同钉鞋一样走路。不见有第二个人穿过，但他的崭新的创意，这里总值得加以纪录的。

这时首先令人记忆起的，是宋人的一篇《黄冈竹楼记》。这是专讲用竹子构造的房子，我因小时候的影响，所以很感得一种向往，不敢想得到这么一所房子来住，对于多竹的地方总是觉得很可爱好的。用竹来建筑，竹劈开一半，用作“水溜”，大概是顶好的，此外多少有些缺点，这便是竹的特点它爱裂开，有很好的竹子本可做柱，因此就有了问题了。细的竹竿晒晾衣服又总有裂缝，除非是长久泡在水里的“水竹管”，这才不会得开裂。假如有了一间好的竹房，却到处都是裂缝，也是十分扫兴的事，因此推想起来，这在事实上大抵是不可能的了。

不得已而思其次，是在有竹的背景里，找这么一个住房，便永远与竹为邻。竹的好处我曾经说过，因为它好看，而且有用。树木好看的，特别是我主观的选定的也并不少，有如杨柳、梧桐、棕榈等皆是，只是用处较差，柳与桐等木材与棕皮都是有用的东西，可是比起竹来，还相形见绌，它们不能吃，就是没有竹笋。爱竹的缘故说了一大篇，似乎是很“雅”，结果终于露出了马脚，归根结底是很俗的，为的爱吃笋。说起竹来谁都喜爱，似乎这代表“南方”，黄河以南的人提到竹，差不多都感到一种“乡愁”，但这严格地说来，也是很俗的乡愁罢了。将来即使不能到处种竹，竹器和竹笋能利用交通工具，迅速运到，那末这种乡愁也就不难消灭了。

（一九五七年七月）

乌鸦与鹦鹉

古人观察事物，常有粗枝大叶的地方，往往留下错误，这样地方后人当纠察补正，不宜随和敷衍，继承下去。举一个例，如自然物之伦理化便是。

第一是自然中之无生物，不过近似譬喻罢了，也还没有什么，如《老子》中说，“疾风不终朝，暴雨不终日，天地尚不能久，而况于人乎?”第二是生物，这便很成为问题，因为人类的伦理关系不是生物界所有的。最显著的两个例，是羔羊跪乳，与乌鸦反哺。这两句话已经成了口头禅，常听见人说，其实却是错误的，因为与事实不符。我们的确看见，小羊吃奶的时候把两只腿折了跪下来，但是这里跪的意义很不相同。即是人们把跪拜看作很严重的事，乃是人类历史上的近事，羔羊是不会有这种观念的，所以它的折腿完全为的自己的方便，不关道德事的。还有那乌鸦，窝在高树上，很难看得清楚，但是燕子在人家檐下或是堂前做窠，可以看得明白，母燕衔了虫类回窠的时候，小燕子都昂着头，张着嘴，等候哺食，有时小燕的嘴便直伸入母燕的口中去，在头脑混沌的书生见了，可能把它们的关系颠倒了，认为小燕是在反哺哩。生物的生活规则是为种族生存，以求得个体的生存为本，所以在人类以外的动物社会里，伦理第一原则是“子为母纲”，到得知道父母子女相互的关系，规定两方面有互相供养的义务，那是人类特有的伦理，在羊和乌鸦之间是还未曾发见的。

还有，以为动物与人类有同样的理智，所以有同样的技能，这也是错误的。语言是人所特有的一种技能，如今说动物也有，便是幻想，如猩猩及鹦鹉等是。动物园里的黑猩猩虽然能吃大菜、抽雪茄烟种种技艺，却不能说话，这有事实证明。鹦鹉和八哥能够模仿人的说话，这是事实，但它也是模仿为止，不能了解它的意义，来和人对话。中国笔记和小说里说它们懂人讲话，同人一个样子，那是没有根据的。唐人宫怨诗云：

含情欲话宫中事，鹦鹉前头不敢言。

今人题画，五色鹦鹉上题句云：

汝好说是非，有话不在你前头说。

那是不合事实。但唐人作诗尚可，若当作普通道理，则讲不过去，画也只能当作讽刺画看。

（一九五七年十月）

喜剧的价值

我少听京戏，但是对于地方戏却是看了不少，所以也有很多的感触。第一觉得中国“戏文”有一点与别国不同，值得一说的，那便是偏爱喜剧。照普通说法，喜剧可分为广义狭义两种。广义的是团圆结局的戏，虽然中间尽有悲欢离合，近似悲剧的片段，但结末总是欢喜会合，以大团圆收场。从前乡间习惯，开始时必演“八仙庆寿”“赐福”和“踢魁”，继之以“掘藏”，极尽人生的大望，随后开始演戏。到了戏文终了的时候，必定是团圆结局，在整本演出时那无问题，由剧中人表演结婚了事，就是后来不是这样做了，也还是如此表演，譬如一出打仗的戏完了，将军刚刚挺枪进去，接着就出来了一生一旦，匆匆向外边纳头便拜，表示“拜堂”之意，也即是说这一天的戏算是完了。观众也都了解这个意思，在喜乐声中，看见两人交拜，便说“拜堂”了，纷纷准备走散。这种习惯不晓得别处有没有，小时候看绍兴戏文，记得如此，说起来已是五十年前事了。

狭义的喜剧，便是戏剧中滑稽部分，以诙谐的言动，博得观众的一笑。这种喜剧在文艺成绩上不算太多，但在艺术演出上，却很是丰富，我们只须回忆戏文上副净的重要，便可以知道，因为这些喜剧差不多都是由副净来演出的。地方戏上的《五美图》里的老丁，《紫玉壶》里的大师爷，都是极精彩的角色，是很被观众所欢迎的。

中国人民喜爱喜剧，这便是性情明朗、酷爱和平的表示。世界上有些民族偏爱悲剧，对于人生别有看法，我们也不必表示反对，也只是我行我素，仍旧喜欢我的喜剧罢了。依照这样说法，在旧式戏剧中有不少剧种可以发掘，拿来利用，无须乎往“僵尸”这一类货色中去找噱头，因为在这广大的喜剧项目中，尽可以发见新的材料。

（一九五八年七月）

往来的路

四月十六日以后，我便每天都往北京大学上班，地点是图书馆的单独一室，这图书馆是有名的四公主的梳妆楼，广阔的几间楼房，涂饰得非常华丽，我的办公室乃是孤独对立的小房，样子似乎寺庙的钟鼓楼，不知道是什么用的，原来也很不错，如今被旧杂志堆放得没有隙地，实在有点儿气闷。但是我在那里却也过了些有趣的时光，在那旧杂志上面找到几篇论文，后来由我翻译了，登在《新青年》上面，这是一篇《陀思妥也夫斯奇之小说》，另一篇是《俄国革命之哲学的基础》。胡质庵是福建人，当时是图书馆的最高的职员，但是似乎身体不大好，后来于六月底因患猩红热死去了。商契衡则是绍兴的嵊县人，原是鲁迅在中学任教时的学生，其后在北京大学毕业，鲁迅曾供给他的学费，在日记上常有记载。

我从绍兴县馆往北京大学，经常往来有东西两条路线。其一是由菜市口往东，走骡马市到虎坊桥北折，进五道庙经由观音寺街，出至前门，再经南池子北池子走到北头，便是景山东街了。其二是一直往北进宣武门，由教育部街东折经绒线胡同和六部口，走出西长安街，再前进时是天安门广场，过去便是南池子，以后的路和前边一样，但不到天安门也可向北进南长街北长街，这一条直街是和南池子并行的，北头直通北海的三座门大街，往东去经过景山前街。这里是故宫的后门神武门所在，宣统在退位之后还保留皇帝称号，他便在这里边设立小朝廷，依旧每天上朝，不过悉由后门出入罢了，我午前往校经过此处，就常见有红顶花翎的官员，坐了马车进宫，也有徒步走着的，这事在复辟败后尚未停止，这是很奇怪的一件事情。还看见有一辆驴子拉的水车，车上盖着黄布，这乃是每天往玉泉山取水，来供给“御用”的，但是这似乎不久停止，因为清宫里随后也装了自来水了。

北京的街路以前是很坏的，何况这是四十多年前的事了。交通不便，许多地方都不能通行，须要绕一个大圈子，我到北京的时候看着南北池子这条马路，是正方开辟的。至于小胡同的难走，是很有名的，我的住处外边一条胡同叫作“前公用库”，每到秋天久雨，便泥水一滩，废名走过这里，遇见一个年过古稀的老太婆在太息说，这条路怎么总是这样的难走，便可以想见它的年代久远了。这是到了近来的这几年，才算改好了。因为这个缘故，街上的有些景象也改变了，替如“泼水夫”，便已绝迹，只剩下陈师曾在《北京风俗图》中留下的一幅画，两个人都穿着背有圆图的号衣，脚下马靴，头戴空梁的红缨帽，一个手握木勺，一个侧着水桶，神情活现，但是现在的人已经不能了解，因为早已不曾看见过他们了。此外还有一种是扫雪的人，我于一九一九年一月十三日曾经做过一首诗，题曰《两个扫雪的人》，是在天安门前车上所作，便录在这里：

阴沉沉的天气，
香粉一般的白雪，下得漫天遍地。
天安门外，白茫茫的马路上，
全没有车马踪迹，
只有两个人在那里扫雪。
一面尽扫，一面尽下，
扫净了东边，又下满了西边，
扫开了高地，又填平了坳地。
粗麻布的外套上已经积了一层雪，
他们两人还只是扫个不歇。
雪愈下愈大了，
上下左右都是滚滚的香粉一般的白雪。
在这中间，好像白浪中漂着两个蚂蚁。
他们两人还只是扫个不歇。

祝福你扫雪的人！

我从清早起，在雪地里行走，不得不谢谢你。

这种人夫在北京也已经不见，而且说起来也很奇怪，似乎近来这若干年里，雪也的确少下，仿佛是天气也是多少有了变化了。

（一九六一年八月）

水乡怀旧

住在北京很久了，对于北方风土已经习惯，不再怀念南方的故乡了，有时候只是提起来与北京比对，结果却总是相形见绌，没有一点儿夸示的意思。譬如说在冬天，民国初年在故乡住了几年，每年脚里必要生冻疮，到春天才脱一层皮，到北京后反而不生了，但是脚后跟的斑痕四十年来还是存在。夏天受蚊子的围攻，在南方最是苦事，白天想写点东西只有在蚊烟的包围中，才能勉强成功，但也说不定还要被咬上几口，北京便是夜里我也是不挂帐子的。但是在有些时候，却也要记起它的好处来的，这第一便是水。因为我的故乡是在浙东，乃是有名的水乡，唐朝杜荀鹤送人游吴的诗里说：

君到姑苏见，人家尽枕河。
古宫闲地少，水港小桥多。

他这里虽是说的姑苏，但在别一首里说：“去越从吴过，吴疆与越连。”这话是不错的，所以上边的话可以移用，所谓“人家尽枕河”，实在形容得极好。北京照例有春旱，下雪以后绝不下雨，今年到了六月还没有透雨，或者要等到下秋雨了吧。在这样干巴巴的时候，虽是常有的几乎是每年的事情，便不免要想起那“水港小桥多”的地方有些事情来了。

在水乡的城里是每条街几乎都有一条河平行着，所以到处有桥，低的或者只有两三级，桥下才通行小船，高的便有六七级了。乡下没有这许多桥，可是汊港纷歧，走路就靠船只，等于北方的用车，有钱的可以专雇，工作的人自备有“出坂”船，一般普通人只好乘公共的通航船只。这有两种，其一名曰埠船，是走本县近路的，其二曰航船，走外县远路，大抵夜里开，次晨到达。埠船在城里有一定的埠头，早上进城，下午开回去，大抵水程六七十里，一天里可以打来回的，就都称为埠船。埠船总数不知道共有多少，大抵中等的村子总有一只，虽是私人营业，其实可以算是公共交通机关，鲁迅短篇小说集《彷徨》里有一篇讲离婚的小说，说庄木三带领他的女儿往庞庄找慰老爷去，即是坐了埠船去的，但是他在那里使用国语称作航船，小说又重在描画人物，关于埠船的东西没有什么描写。这是一种白篷的中型的田庄船，两旁直行镶板，并排坐人，中间可以搁放物件。船钱不过一二十文吧，看路的远近，也不一定。乡村的住户是固定的，彼此都是老街坊，或者还是本家，上船一看乘客差不多是熟人，坐下就聊起天来，这里的空气与那远路多是生客的航船便很有点不同。航船走的多是从前的驿路，终点即是驿站，它的职业是送往迎来的事，埠船却办着本村的公用事业，多少有点给地方服务的意思，不单是营业，它不但搭客上下，传送信件，还替村里代办货物，无论是一斤麻油，一尺鞋面布，或是一斤淮蟹，只要店铺里有的，都可以替你买来，他们也不写账，回来时只凭着记忆，这是三六叔的旱烟五十六文，这是七斤嫂的布六十四文，一件都不会遗漏或是错误。它载人上城，并且还代人跑街，这是很方便的事，但是也或者有人，特别是女太太们，要嫌憎买的不很称心，那么只好且略等候，等“船店”到来的时候，自己买了。城市里本有货郎担，挑着担子，手里摇着一种雅号“惊闺”或是“唤娇娘”的特制的小鼓，方言称之为“袋络担”，据孙德祖的《寄龛乙志》卷四里说：“货郎担越中谓之袋络担，是货什杂布帛及丝线之属，其初盖以络索担囊橐衔且售，故云。”后来却是用藤竹织成，叠起来很高的一种箱担了，但在水乡大约因为行走不便，所以没有，却有一种便于水行的船店出来，来弥补这个缺憾。这外观与普通的埠船没有什么不同，平常一个人摇着橹，到得行近一个村庄，船里有人敲起小锣来，大家知道船店来了，一哄地出到河岸头，各自买需要的东西，大概除柴米外，别的日用品都可以买到，有洋油与洋灯罩，也有苎麻鞋面布和洋头绳，以及丝线。这是旧时代的办法，其实却很是有用的。我看见过这种船店，乘过这种埠船，还是在民国以前，时间经过了六十年，可能这些都已没有了也未可知，那么我所追怀的也只是前尘梦影了吧。不过如我上文所说，这些办法虽旧，用意却都是好的，近来在报上时常看见，有些售货员努力到山乡里去送什货，这实在即是开船店的意思，不过更是辛劳罢了。

（一九六三年八月）